LA PECORA DOLLY E ALTRE STORIE PER BAMBINI

Dacia Maraini

ひつじのドリー

ダーチャ・マライーニ

望月紀子 訳

さかたきよこ 画

未來社

もくじ

ひつじのドリー

装画　さかたきよこ
装幀　タダジュン

ひつじのドリー

La pecora Dolly

ドリーはわらのベッドから起きあがって、はっくしょん。それから、ママはどこ？　とあたりを見まわしました。でもママではなくて、ふたごのきょうだいみたいなひつじがいました。長い顔も、黄色っぽい目も、暗闇《くらやみ》のようにきれいな口もそっくり。

「あなた、だあれ？」

「ドリーよ」

「いいえ、ドリーはあたし」

「ちがうんじゃない？　あたしがドリー、あなたは別の名前のはずよ」

「いいえ、あなたの名前がちがうのよ。あたしはドリー」

「ドリーって、どこのドリー？」

「アブルッツォ[★1]のひつじのドリー」

「あたしもドリー、アブルッツォのひつじよ」

「まあ、あなたはロバみたいにがんこね」

「あなたのほうこそロバみたいにがんこよ」

「あなたのママはなんという名前？」

「知らない。でも自分がドリーだってことは知っている」

「ほんとに、ほんとうに石頭《いしあたま》ね。あたしがドリーだってば」

「あなたのパパを呼ぼう。パパはどこ?」

「パパはつれていかれちゃった、いないの」

「あたしのパパもつれていかれたみたい。いちども見たことがないから」

「あたしと同じことばかり言ってる」

「あなたのパスポートにはなんて書いてあるの?」

「ドリー、アブルッツォのひつじって書いてあるわ」

「あたしのパスポートにもそう書いてある」

「でもあたしにはきょうだいなんていない」

「あたしだって」

「ママにきいてみよう」

「ママにきいてみよう」

「ママ、あたしはだれ?」

しんとして、返事がありません。ひつじのドリーがあたりを見まわしても、見なれた義理のきょうだいやいとこたち、おばさんたちだけ、ママはいません。

「ママはもういないんだわ、たぶん食べられちゃったのよ」

1 アブルッツォ……南イタリアの州。作者の山荘がある。

「食べられただなんて。きっと旅行に行ったのよ」

「ママは旅行かばんなんかもってなかった。かばんがなくて旅行に行ける？」

「かわいそうなママ。だれに食べられたのかしら？」

「だれか腹ぺこの人に」

「とにかく、ママがいてもいなくても、あたしがドリー、あなたはウソつきよ」

「ちがう、あたしがドリー、あなたがウソつきなのよ」


二匹《ひき》のドリーは頭《ず》つきをはじめました。いとこやおばさんたちがおどろいて見ていました。ひつじはいつもおとなしくて、やさしいのに。あの子たち、いったいどうしたの？


いちばん年上の《哲学者《てつがくしゃ》》と呼ばれているひつじが近づいてきて言いました。「もういい。けんかはおよし」

「ドリーはあたし、この子、ウソついてるの」二匹のドリーの一匹が言いました。

「あたしがドリーよ、この子がウソついてるのよ」もう一匹がすぐに言いかえしました。

「たぶんどっちもドリーよ。おまえたちはふたごなのでしょう」おばあさん哲学者のひつじがそう言って、二匹を引きはなしました。

「せめて名前を変えてよ！」最初のドリーが言いはります。「マリーアとか」

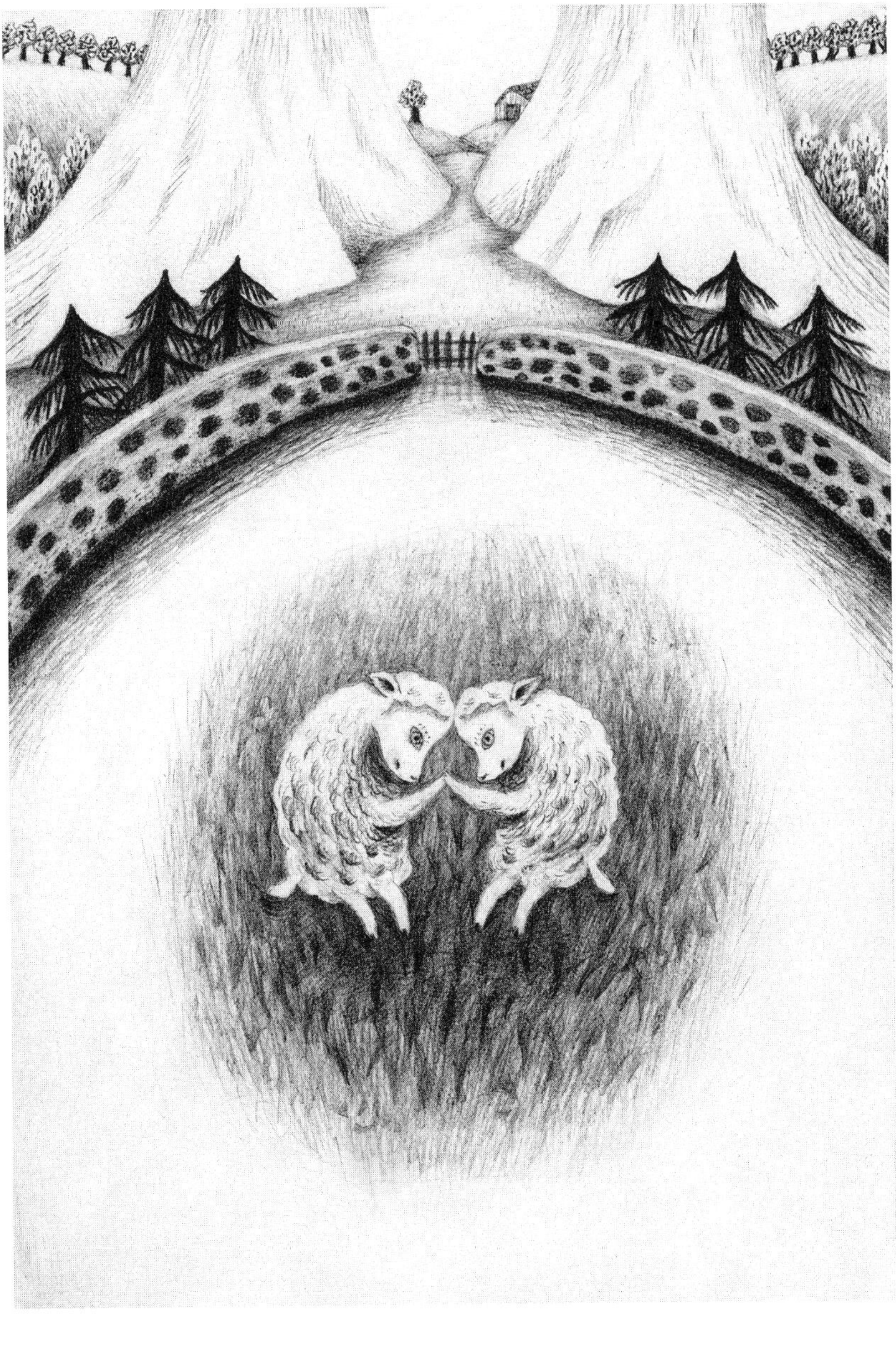

「あなたこそ名前を変えてよ。あたしはドリー、それで決まり」

そしてまた頭つきのはじまり。バシッ、バシッ。顔はこぶだらけ、歯は二本も折れてしまいました。おばあさん哲学者はそばにいたシェパードを呼んで、なんども吠《ほ》えさせ、すねに噛《か》みつかせて二匹をはなれさせました。でもはなされても二匹のひつじはののしったり、ウソつき呼ばわりするばかり。

その晩、おばあさん哲学者は山のいただきに住むやぎのマヌーに会いにいって、自分の群れの今朝《けさ》がたの出来事を話しました。「うりふたつのひつじが二匹いて、どちらも自分の名前はドリーだって、ゆずらないの。どうしたらいいかしら？」

やぎは長いあごひげをなでながら、じっと考えました。

「母親にはきいてみたのか？」

「母親はもういないの」

「食われたのか？」

「さあ。いなくなったの」

「どうしてシェパードにきいてみないのか？」

「シェパードはなにも知らないわ」

「それならひつじ飼《か》いにきいてごらん」

おばあさん哲学者は知恵者《ちえもの》のやぎのマヌーにお礼を言って、谷底の群れにもどりました。二匹のドリーはほかのひつじたちのように草も食べず、「あたしがほんもののドリー、あたしがほんもののドリー」とくりかえし、つばを吐《は》きあっているばかりです。

おばあさん哲学者はその晩すぐに、小屋で、ワインの瓶《びん》をそばにおいて寝《ね》ていたひつじ飼いをたずねました。

「けんかをさせておけばいいじゃないか！」ひつじ飼いは鼻で笑うばかり。「それで困《こま》ることでもあるのかい？」

「ええ。ほかのひつじたちが神経質《しんけいしつ》になって、お乳《ちち》が出なくなるの。あなたたちだって困るわ」

「いいかい、ぼくが得するわけじゃない。ぼくはしがないモロッコ人の移民だ。給料なんてスズメの涙《なみだ》。あの二匹がぼくになんの関係があるんだ！」

「でもどうしてあの子たちそっくりなの？　そんなこと、ある？」

「知るもんか。どっちにしろ、ぼくの目にはきみたちはみんな同じだ」

「そんなことはないわ。みんなちがうのよ。よく見れば、わかるわ」

「ぼくにはきみたちのけんかなんかどうでもいい。ほっといてくれ、おばかさん」

「ひつじ飼いなんかになにを期待《きたい》したのよ？」おばあさん哲学者はがっかりしてつぶやきました。そして、ラバトの彼《かれ》の家の、彼にうりふたつの小さな子どもがたくさんいる木陰《こかげ》の中庭の夢を見たくてたまらない、貧しい男を眠《ねむ》らせてやりました。

翌日、めざめたばかりのひつじたちは、群れにもどった二匹のドリーの母親を見て、目をみはりました。ハイヒールに真珠色《しんじゅいろ》のケープ、さくらんぼの実のいっぱいついた帽《ぼう》子《し》、それに青いキャンバス地のきれいな旅行かばんをもって、それはそれはすてきだったのです。

「どこに行っていたのよ?」おばあさん賢者《けんじゃ》がたずねました。

「旅行していたの。あなたには関係ないけれど」

「あんたは二匹のドリーの問題を解決しなくてはいけないよ。どっちがあんたのほんとうの娘《むすめ》なの?」

「さあ。ある紳士《しんし》が来て、生まれる娘と交換《こうかん》にポリネシア行きの切符《きっぷ》をくれたの。彼はびっくりさせてやると言ったけれど、ほんとうにびっくり。自分ひとりで娘を産めたのよ」

「でもあの子は娘じゃないい。コピーよ。自然界《しぜんかい》には存在しないものよ。ドリーがもう一匹できて、当然だけど最初のドリーが抗議《こうぎ》しているわ」

「抗議させておけばいいわ。ともかく、こちらは一生にいちどの楽しい旅だった。なにを見たか、知りたい? いいこと、ホテルはとても高い建物で、四階までかごにのってゆらゆらのぼるの。絹《きぬ》のおふとんのベッドで寝たわ。おしろいみたいにこまかな砂浜で日光浴をした。空気みたいに透明《とうめい》で、いい匂《にお》いのする水のなかで泳いだわ。とってもおいしいアイスクリームも食べた、思い出しても舌なめずりをしたくなるわ」

「あんたはほんとうに自分勝手だね」おばあさん哲学者のひつじが言いました。「自分のことしか考えないで。あのかわいそうなコピーのドリーは、これからどうするつもりなの？」

「あの子たち、仲なおりして、友だちになるわ。怒《おこ》らないでよ。ボラボラ島でひろった貝殻《かいがら》を見る？」

「そんなもの見たくもないよ。つまらないものと引きかえに自分を売ったりして」

「いいえ、夢のポリネシア旅行のためよ。言っておくけれど、その価値《かち》はあったわ」

ドリー一号とドリー二号は母親を見つけて、うれしそうにかけつけました。

「さあ、ママ、どっちがほんもののドリーか言ってよ」二匹はいっしょに叫《さけ》びました。

ママひつじは二匹をしっかり抱きしめました。それから旅行かばんをおいて帽子を脱《ぬ》ぐと、数歩あとずさりし、またもどって、目を細めました。重要な測定をする技師みたいです。でも、ついに二匹は区別がつかないと認《みと》めなくてはなりませんでした。「一匹はわたしが産んだけれど、もう一匹はちがう、機械の娘よ。でもどっちがほんとうの娘かわからない」

二匹のドリーはまたけんかをはじめ、ウソつき、にせもの、とののしります。シェパードがけんめいに二匹を引きはなしました。そうしないとおたがいに死ぬまで頭つきをしたでしょう。こうして何か月か過ぎました。そしてついに春がきて、いい匂いのする新しい草がはえだしました。

あるぽかぽか陽気の朝、ひつじたちは、肩《かた》や腕《うで》に変な道具をぶらさげた、かかしみたいな男がやってくるのに気づきました。男はひつじたちが散り散りに草を食べている丘の上までのぼってきて、がらくたからピカッと光る機械を取り出すと、ひつじたちを追いかけだしました。

ひつじたちは、おどろき半分、きょうみ半分で、ときおり顔をあげては、そのかかしが自分たちにまじってなにをしているのかを探《さぐ》ろうとしました。ひつじたちの動きにとても関心があるようです。でも彼はひつじ飼いではないし、ときどき、上から下まで白ずくめの服でようすを見にくる牧場主でもありません。

でもじきにひつじたちは、男の関心はひつじの群れではなく、二匹のドリーにあるのだと気づきました。二匹のドリーははじめて、うりふたつなのに、ちがう反応をしました。一匹は、そんなふうに注目されるのがいやで、ぷいと逃《に》げ出し、もう一匹は体をふくらませて目立とうとしたのです。

その夜、ドリー二号は母親のところへ行って、言いました。「ママ、あたし、好きな人ができたの」

「だれ?」

「機械をぶらさげた男のひと」

母親は彼女《かのじょ》をじっと見つめてから言いました。「ああ、これでやっとどっちがほんとうの娘かわかったわ。おまえは機械で生まれたから、人間マシーンが好きになれるのよ。あっちの子は草を食べることしか頭にない、それがほんとうのひつじというものよ。おまえはちがう」

そして母親は彼女を群れから追い出し、ドリー一号は満足してほかのひつじたちに自《じ》慢《まん》し、母親のそばにぴたりとくっついて、かたときも離《はな》れようとしませんでした。

機械から生まれたドリー二号は、ひとりぼっちになりました。さいわい、ピカッと光る機械をもった大好きな人が、また彼女の写真をとりにきました。彼女はポーズをとりました。彼にキスをおくって、言いました。「ねえ、あたし、あなたと暮《く》らすことにしたわ。あたしはほんとうは本物のひつじではないの。なにかちがうものなの。あなたも知っているでしょうけれど。町へ行きましょう！」

男はおどろいて彼女を見つめました。「でもぼくには妻も子どももいるんだよ」口ごもりながら言いました。

「それがどうだっていうの？　あのひつじ飼いだって故郷に奥《おく》さんが三人もいるじゃない？　あたし、あなたの二番目の奥さんになる」

カメラマンは考えました。ひつじのドリーを家で飼えば、いくらでも写真がとれる！

金もうけのチャンスだ、だれもかれもがこのおばかなひつじの写真をほしがるから。そこで彼は同意しました。ジープにクローンひつじをのせて、町へつれかえりました。

カメラマンと町へ逃げたのがコピーのひつじであることを、群れのひつじはわが身をもって知ることになりました。これは金になるとわかった牧場主が、妻や子どもたちとポリネシアへ行く費用《ひよう》を手に入れるために、ほかのひつじたちもクローンをつくることを認めよう、と決心したのです。

「言わせてもらいますが、あなたはばかげたことをしようとしています」おばあさん哲学者のひつじが牧場主に言いました。だが彼にはどこ吹く風でした。

その日から、ほかの多くのひつじたちがクローンひつじをつくって、群れはいさかいのるつぼとなりました。母親は娘を見分けられず、娘たちは頭つきをしあい、シェパードたちももはや彼女たちを引きはなせません。ひつじの群れはお乳を出さなくなり、多くのひつじが元気がなくなり、ふさぎこんで、カウンセラーに相談に行かなくてはならないしまつ。ついにある日、おばあさん哲学者のひつじが言いました。「もう、がまんできない」そしてオレンジ色の古いスーツを着て国連に行き、自分の言い分を主張したのです。みな熱心に耳をかたむけてくれました。ホテル代も払《はら》ってくれ、写真もパチパチとられました。でも、そのあとで、みなはクローン禁止法を制定すべきかどうかをめぐって口論しはじめました。

このときおばあさん哲学者のひつじは、人間たちも合意《ごうい》ができていないのだとわかって、人間に助けてもらわずに、ひつじ仲間で問題を解決しようと心を決めて、群れにもどりました。

エナメルのくつ

Scarpe di vernice

一足の黒いエナメルのくつがにらみあっていました。夫婦で、とても愛しあっているのに、額をつきあわせてけんかをする癖《くせ》があったのです。そのためにしばしばくつの持ち主の、せいたかのっぽでやせっぽちの、いつもうわの空の若い女性を転ばせてしまうのです。

その女性は、アマーリア・Bという名前で、毎晩くつをくつ箱にしまう習慣でした。くつ箱といっても狭《せま》くて低い、小さなタンスで、そこでほかの一〇足のくつも眠《ねむ》るのです。

黒いエナメルぐつの夫婦はその小さなタンスにとじこめられているのがいやでたまりませんでした、ほかのくつたちが眠りもしないで、はてしもなくおしゃべりしたり笑ったり、聞くにたえないうわさ話をしたりしましたから。だれかの悪口を言いたいだけ言えるのがうれしいのです。彼《かれ》らはしょっちゅう、アマーリアさんは穴《あな》のあいたストッキングをはいている、それを知っているのは自分たちだけだ、いつかアマーリアさんが濃い赤ひげの恋人《こいびと》とレストランのテーブルにつく日があったら、彼女《かのじょ》の足から逃《に》げて秘密《ひみつ》をばらしてやるなどとひそひそ話していました。その恋人はいつもうわさの的でした。というのは、彼はアマーリア・Bさんに会いにくると、いつもくつを脱《ぬ》いで、玄関《げんかん》のドアのそばにぽっかり口をあけたまま放っておくのですが、それが古ぼけた汚《きたな》いくつで、家のほかのどのくつたちもいやがり、それを見ては、くさいというように、鼻をつまみましたから。

黒いエナメルぐつの夫婦はくつ箱に入っているときは眠り、目がさめて金髪《きんぱつ》のアマーリアさんにはいてもらうのが好きでした。でも夜どおしぺちゃぺちゃとうわさ話をし、押《お》し殺した笑いをもらされては、眠れるものではありません。登山ぐつはとりわけアマーリアさんに辛《しん》らつでした。気分屋だ、のろまだ、足はガチョウ、動きはクマだなどと言うのですから。

黒いエナメルぐつの夫婦はとても階級意識がつよく、階級ということばを口にするとき、爪先《つまさき》をきゅっとしかめるのでした。彼らはほかのくつたちよりもせっせとほこりを払《はら》い、磨《みが》いてもらっていました。むだな飾《かざ》りのない、しっかりしたおしゃれな散歩用のくつで、一目《いちもく》おかれていました。

夫婦のくつは、眠れるときは、よく同じものを夢にみました。そして、歩いたり、オフィスの机の下でキスしあったりしながら、たがいにみた夢を話しあうのです。「ゆうべ、どんな夢をみた?」と夫が言いました。「ひどい夢だったわ。アマーリアさんが車にひかれて両足ともなくしてしまうの。それでわたしたちはゴミに出されてしまうの」「ぼくのほうは卵《たまご》の上を歩いている夢だった。踏《ふ》みつぶさないかとひやひやして下を見ると、なんと、すれすれに歩いているだけなのさ、青い卵の上をね……」「どうして青いのよ？　卵はクリーム色とか、赤みがかっているとかで、青じゃないわ」妻がさえぎると、夫のほうは青だと言いはり、けんかになって、押しあい、ぶつかりあいをするので、アマーリアさんは床《ゆか》にひっくり返ってしまうのでした。

ある晩、夫婦がうるさいくつ箱のなかでなんとか眠ろうとしていると、せわしげな手が彼らの首筋《くびすじ》をつかんで、外に出しました。最初に目に入ったのは、ひげ男の古ぼけてひものゆるんだくつでした。ふたりはこんな真夜中に寝室《しんしつ》でなにをしているのだろう？

アマーリアさんは顔が映《うつ》るほどぴかぴかに磨いた、きれいな散歩用のくつをはいて、階段を二段ずつ飛びおりました。どこへ行くのだろう？　夫婦は疑問をぶつけあうひまもありませんでした、階段がすべりやすくて真っ暗で、すべらないようにするのがせいいっぱいでしたから。

ついに通りに出たとき、彼らは自分たちの背になにかあたたかなものが流れるのを感じました。アマーリアさんが泣いているのです。彼らはすっかりおどろいて息をするのもやっとでした。両足は川沿《ぞ》いの街灯の下をまたかけだしました。それからとつぜん、橋の欄干《らんかん》の近くで止まりました。橋の下でとどろく渦巻《うずま》きの音がしました。アマーリアさんはいきなり、狂《くる》ったようにくつの夫婦を脱ぐと、彼らを下に投げました。

夫婦は一瞬《いっしゅん》、宙《ちゅう》を飛んだかと思うと、助けを求めることもできずに、冷たい水のま

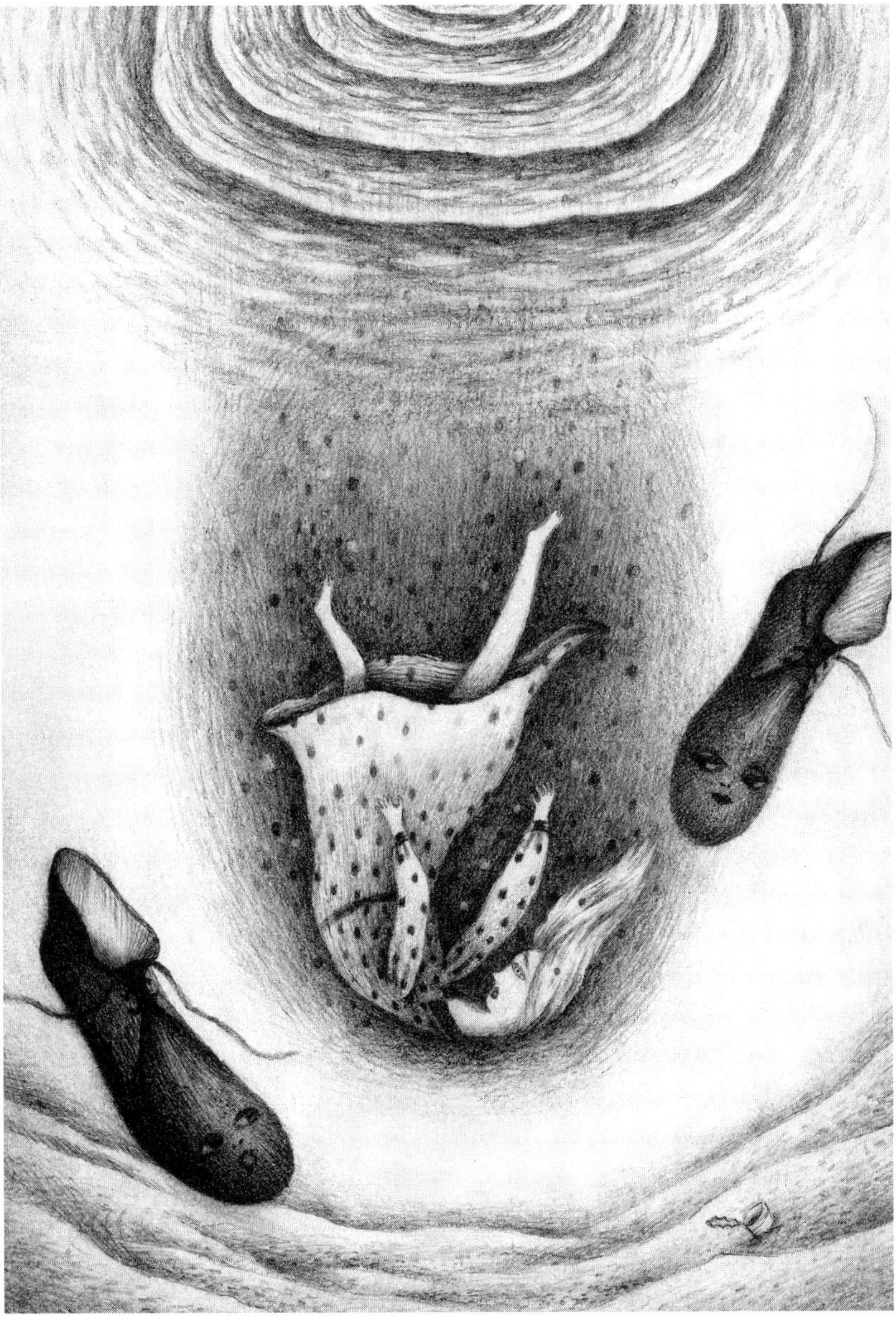

ったなかに、まっさかさまに落ちていました。そのすぐあとにボチャンという音がしました。アマーリアさんが彼らのあとから飛び込み、いまは、助けてと叫《さけ》びながらもがいています。ふたつのくつは彼女に近づいて、その腕《うで》をとり、岸辺まで運ぶと、ひっくり返って、穴だらけの船のようにいっぱいになっていた自分たちの水を流し出しました。

アマーリアさんが全身ずぶ濡《ぬ》れでぶるぶるふるえながら立ちあがったのを見て、彼らはまた川に飛び込むのではないかと思いました。でもおどろいたことに彼女はきっぱりとした態度で通りへ向かう階段をのぼりだしたのです。こんどは彼らは泥《どろ》だらけの川岸においてけぼりにされるのではないかと心配になりました。でも心配無用でした、アマーリアさんはおばかさんだけれど、恩知らずではなく、裸足《はだし》だと気づくとすぐに急いでもどって、彼らをはいてくれましたから。そしてその日から、ふたつのくつはきれいに洗《あら》って磨かれ、アマーリアさんの寝室のなかにとても大切にしまわれたのです。もうくつ箱のなかでほかのおしゃべりぐつやぐうたらぐつ、とくになんでもだれでもばかにして笑ってばかりいるあの登山ぐつといっしょにいなくてもよくなりました。赤ひげ男のかわりに金髪のひげの男性が来るようになりました。そして、その後もなんども橋の上を歩きましたが、二度と欄干のあたりで止まることも、爪先に熱い涙《なみだ》を感じることもありませんでした。

出身は王家のキッチン

Dalla cucina di un re

むかしあるところに、王家のキッチンの出身が自慢《じまん》の、おしゃれで、とてもハンサムなガラスの鍋《なべ》ぶたがいた。いまは、いったいなんの因果《いんが》か、ぼこぼこにへこんだ安物のアルミ鍋と夫婦で、彼《かれ》は気も狂《くる》わんばかり。それにその鍋はあきもせずブロッコリだの豆だのたまねぎだのをゆでて、彼に言わせると、たまらなく下品なにおいを放っていた。

おしゃれな鍋ぶたは、清潔で広びろとしたキッチンで、陶器《とうき》と琺瑯《ほうろう》の蛇口やステンレス鍋たちにかこまれ、オレンジ・ソースのヤマウズラやマッシュルーム・クリームを詰《つ》めたパイ、カシスのシャーベットなどの上品な香りになれていたので、こんなしもじもの空気にはまったくなじめなかった。

「どんな妻でもいないよりましよ」と、鍋は朝から晩まで、彼のためにも、ニンニクとたまねぎ、純粋オリーヴオイルで味つけをした実だくさんのスープをつくりながら言う。でもハンサムな鍋ぶたが彼女《かのじょ》のことなど気にもとめていないことはわかっている。「階級の問題じゃない」と彼は物知り顔で説明した。彼は庶民《しょみん》が好きだ、彼の母親だってオーヴン皿、しかもどこにでもあるオーヴン皿だったではないか？「教養の問題さ」と、体についた脂肪《しぼう》の粒《つぶ》をはじき、窓《まど》ガラスに映る自分の姿に見とれながら言う。「お金じゃなくて知性の問題さ」と、満足げに結論をくだした。鍋はオルロープ伯爵《はくしゃく》★2が何者か知っているか？　いや、知らない。そこなのだ、彼は知っている。それが彼らのちがいなのだ。

鍋はこんな意地悪ずくめに顔をしかめ、ますます体を小さくちぢめた。夫が優雅《ゆうが》にさっそうと彼女の頭の上に乗るときは、死ぬほど彼に愛情をおぼえた。《たぶん彼はわたしを愛していない、でもわたしが彼をふたりぶん愛してあげる》と思うのだった。そしてときどき彼だけのために、ライン川流域《りゅういき》のワインで煮込《にこ》んだフリカッセ★3やラム酒漬《しゅづ》けのリンゴのパイなど、知っているいくつかの高級料理をつくってみた。でも彼はフンと鼻で笑って、いちども満足したことがない。彼は彼女の頭の上にいるとき、いらいらして、くしゃみをしたり、体をよじったりして、いまにも下に落ちそうになってばかりいた。でも彼女は彼を支え、ロバのように、彼をうっとりと見るのだった。《わたしはたしかに彼に値《あたい》しない》と自分に言いきかせる、《だから彼を喜ばせるようにしなくては。さもないと、いやけがさして、わたしを捨《す》てるわ、ほうきがちりとりを捨てたように。彼がどうしてわたしのようなちっともきれいじゃない鍋と結婚《けっこん》することになったのかまったくわからないけれど、わたしは彼を愛しているから、全力をつくして彼にふさわしいことを証明してやる。彼はきっとなにかの災難《さいなん》にあってこんなキッチンに流れ着

2　オルロープ伯爵……一八世紀ロシアの軍人。
3　フリカッセ……生クリームで仕上げるフランスの煮込み料理。

き、わたしのような鍋と結婚するはめになったのよ。彼はけっしてわたしを許さないでしょう。でもわたしはなにがあっても彼の力になるわ》

ガラスの鍋ぶたの頭には、とてもきれいなダイヤモンド・カットの水晶《すいしょう》の取っ手がつき、その水晶の上には、それをまっすぐ立てておく銀の釘《くぎ》を閉めるオリーヴ材の玉がついている。ほんとうに目がさめるように美しい。そしてみなは、こんな美しいものがどこからこんなみすぼらしく汚《きたな》いキッチンに舞《ま》い降りたのだろうと言いあうのだった。

ある日だれかが、流しに皿を乱暴《らんぼう》に入れながら、まったく世にも当たりまえのことのように、ガラスの鍋ぶたの話をした。じつはその鍋ぶたはよその、つまりシチーリア王のキッチンの水晶鍋のふただった。ところがその王は、投資《とうし》に失敗して無一文《むいちもん》になってしまった。王の息子のチピーという王子は、その鍋ぶたが大好きで、資産が差し押《お》さえられそうになったとき、それを庭のイチジクの木の下に埋《う》めた。

その後、父親とチピーとガリ勉妹の一家は、郊外《こうがい》のアパートで暮《く》らすことになり、チピーはその鍋ぶたを枕《まくら》カバーで包んで、二歳《さい》のときにもらってとてもだいじにしていた古いクマのぬいぐるみといっしょにもっていった。

チピーは公立の学校に通い、少年のころはやる気まんまんだったが、それから口先だけでびた一文稼《かせ》げない男になった。物もらいみたいな姿でうろついては朝から晩まで酒《さけ》びたりで、いまはミラーノの法律《ほうりつ》事務所で弁護士をしている妹がくれるわずかなお金を使ってしまう。チピー王子はいまやよそさまの家の階段下で暮らし、持ちものは、あの鍋ぶたとクマのぬいぐるみだけ。ついに牢屋《ろうや》に入れられ、出ては、またよそさまの家の玄関《げんかん》先で寝《ね》る癖《くせ》のために、警官《けいかん》や門番とけんかばかりしていた。

そこへ、いまや彼も六〇歳に手がとどこうというある日、ミラーノに住んでいて、トランプうらないをする、アフロヘアーの一八歳の姪《めい》が会いにきて、言った。「あたしのママ、つまりあなたの妹が死んだの。でも息を引きとるまえにあたしに言ったの、伯父《おじ》さんの世話をしてあげて、まだ子どもで、だれか世話をする人間が必要だから。探《さが》しに行って、やさしくしてあげてって。だからここに来たのよ……あたしはミラーノに家があるし、ママが残してくれたお金もいくらかあるわ。それに体操を教えているの。うちに来て、いっしょに暮らさない？」

チピーはうれし泣きをした。「古いクマのぬいぐるみとガラスの鍋ぶたをもっていってもいいかい？」おそるおそるたずねると、彼女はわっと笑った。こうして彼女は彼を家につれていった、鍋ぶたとクマもいっしょに。でもクマはそれからほどなくあっけなく死んでしまった。というのは、水たまりに落ちたので、ヒーターにのせて乾《かわ》かしたけれど、乾いてみると、すっかりぼろぼろになっていたのだ。彼をくるんでいた人工毛皮から茶色の汚いおがくずがどろどろと流れでた。ジネーヴラという名前の若い姪は、王子の抗議《こうぎ》に耳を貸さずに、それを四階から外へ投げ捨てた。でも鍋ぶたは捨てなかった、きれいにかがやいているように思われたから。

これが王家の鍋ぶたがミラーノの小さなアパートにおさまることになったいきさつ。姪のジネーヴラは菜食主義者《さいしょくしゅぎしゃ》で、ひとつしかない大鍋で野菜を煮るのが好きだった。ニンジンやセロリやタマネギの煮えぐあいが見えるように、水晶の取っ手と、くるくるまわって、一〇〇度になるとヒューヒューロ笛を吹くオリーヴ材のつまみのついた、洗練《せんれん》されたすてきなガラスのふたを使った。

ある日、どういうわけか、体操《たいそう》教師のジネーヴラと一日じゅうお酒を飲んでは推理《すいり》小説を読んでいる伯父のチピーの家に、受け皿のないセーヴル★4のカップがまぎれこんだ。とても薄《うす》く繊細《せんさい》で、まるで透きとおるよう。ぐるりと、キラキラ光る細い金の縁取《ふちど》りがしてある。白い磁器《じき》の底には爪先《つまさき》で立つバレリーナが描かれている。そしてそのカップにお茶が注がれると――お茶は、香りのいい、薄い、薄い色のお茶でなくてはならない――そのバレリーナが海底の藻《も》のように右に左に動くのが見える。

いうまでもなく、ガラスの鍋ぶたはそのカップを見たとたんに身も世もなく恋をして、厚かましいほど強引に口説《くど》きだした。

でもカップのほうは、ずっと愛している受け皿を待っているので、彼には耳も貸さない。それでも鍋ぶたはあきらめず、これ見よがしに水晶のキャップをヒューヒュー鳴らしては、キッチンの明るい電灯の下で、自分の美しさをひけらかしつづけた。

「この世でもっとも愛情ぶかい受け皿だったわ」とカップは親しくなった鍋に打ち明けた。「彼は捨てられたのさ」と、話を聞き、ひじてつをくらって絶望《ぜつぼう》した鍋ぶたが横やりを入れた。でもセーヴルのカップは、かよわく繊細な外見に似ず、ロバのようにがんこで、愛する受け皿探しをやめようとせず、いつかある日、なにごともなかったかのようにドアから入ってくる彼に会えると信じていた。

ところがある晩――ひどい晩だった――、洗《あら》ってきれいになった鍋が流しで眠《ねむ》り、鍋ぶたがカップに流し目を送っていると、すさまじいどなり声がして、ドアをバタンバタンとあけしめする音がした。どうしたのだろう？　しばらくして、ジネーヴラが伯父さんに怒《おこ》っているのだということがわかった、仕事から帰ってみたら、お金をしまっておく引出しがこじあけられて、もらったばかりの給料がなくなっていたのだ。「もううんざり、顔も見たくないわ！」若い女は叫《さけ》んで、わめきながらチピー王子の汚いくつや歯のかけたくし、型崩《くず》れした上着、推理小説、お酒の空き瓶《びん》などをドアの外に放り投げていた。

彼、チピー王子はいなかった。いたら、怒《いか》り狂った姪がいったいなにを彼の頭に投げつけたことか。

「爪《つめ》は汚く、いびきがうるさく、アル中だけれど、ママへの愛のために家に引きとった

4　セーヴル……フランスの高級磁器（じき）。

のに。世話をして食べさせて、いい子いい子して、支えてやったのに、お酒ばっかり飲んで、あげくのはてにお給料のお金まで盗《ぬす》んだ……もう、いや、すぐに出ていって！」そして泣きわめきながら、彼の持ちものをすべて階段のおどり場に放り投げた。最後にガラスと水晶の鍋ぶたを投げると、それは狂ったレコードのように階段を転がりだした。一番下に着くと、ガチャンと玄関のドアにぶつかって、まっぷたつに割れた。

鍋ははなれたところで泣くばかり、セーヴルのカップもおどろいて、あらあらと言うばかりでどうしたらいいかわからない。彼女たちが絶望して階段のおどり場に出てみると、階段の下に瀕死《ひんし》の鍋ぶたの姿が見えた。鍋とカップの音でご近所の人たちに気づかれないように、おたがいに支えあって階段をかけおりた。夜だから、あたりに人影《ひとかげ》はなかったけれど。

一階に着くと、まっぷたつに割れた鍋ぶたをとって、鍋がもってきた接着剤《ざい》でくっつけた。それから彼を持ちあげて、ジネーヴラがまだ寝室《しんしつ》で泣いているあいだにキッチンにつれもどした。

しばらくして、鍋とカップは、チピー王子が帰ってきて、あけっぱなしのドアを押して、あいさつをしようと姪の部屋に顔を出したとたんに、またもや一斉射撃《いっせいしゃげき》のようななり声を浴びせられて、プイと怒ったようすで爪先立ちで姿を消すのを見た。

鍋とカップが寝ようとしたところへまたもどってくる王子の足音がした。「鍋ぶたを探すんだわ」セーヴルのカップが言った。「隠《かく》しましょう!」と鍋が言って、すばやく、水晶の取っ手のついた美しいガラスの鍋ぶたを友だちのゴミ箱の底のボロ布の下に隠した。

老いたチピーはすみずみまでひっくり返して探したが、あんなに好きだったガラスの鍋ぶたは見つからない。「わたしの鍋ぶたをどこに隠したんだ、いじわる女め?」とわめくのが聞こえた。するとドアの向こう側から幽霊《ゆうれい》のような声が「知らない」と答えた。「この仕返しはしてやるからな!」彼は悲しげな声で宣言《せんげん》して、永遠に姿をくらました。

鍋ぶたの傷《きず》は治《なお》った。ふたたび鍋の上に置かれ、気どるのはやめた。いまは彼もスクラップだ。そのうちヒューヒュー口笛も吹かなくなり、そのうえきれいなダイヤモンド・カットの水晶のボタンも、まるでネズミにかじられたキャベツの芯《しん》だ。でもだからといって美しいセーヴルのカップを口説くのも、薄色の紅茶《こうちゃ》のさざ波が立つたびに海底の藻のようにゆれるバレリーナを夢みる目で眺《なが》めるのもやめなかった。

ところがある日、だれもまさかそんなことがあるとは思わなかったことが起きた。ドアのチャイムが鳴って、ジネーヴラがあけに行くと、なんと、ぐるりと金縁をめぐらせたセーヴルの受け皿がいて、ひと息ついてシャワーをつかってから、自分の冒険談を話したのだ。ある公証人の家に泥棒《どろぼう》が入って、たくさんの銀の食器や金の取っ手のついた砂糖《さとう》入れもろとも、彼とカップが盗まれた。それから泥棒たちは盗品《とうひん》をそっくり近所の故買人《こばいにん》★5に売りはらった。この故買人も盗品をある骨董商《こっとうしょう》に売った。骨董商はそれらの品物を自分の店に運んだ。夜中に息子――子どもっぽい顔に夜でもサングラスをかけている若者《わかもの》――がやってきて、父親の店から一キロもの銀器と金縁の受け皿つきのセーヴルのカップを盗んだ。でもそれらを袋に入れるとき、受け皿はこわれてしまった。

骨董商の息子は、こわれた皿を見て、売り物にならないと思い、ゴミ箱に捨てた。そしてずっと思いを寄せているジネーヴラとかいう娘《むすめ》に、底でバレリーナが動く白と金のカップだけをプレゼントした。

それから骨董商は息子のゴミ箱のなかのセーヴルの受け皿を見つけ、銀器を盗んだ犯人がだれかわかった。彼を訴《うった》えようと思った。けれど、自分も盗品でもうけていたので、口をつぐむことにした。でも鍵《かぎ》を変えさせ、それ以来、毎晩ドアの鍵を二度まわしにした。

受け皿はゴミ箱のなかにひそんでいたが、夜になると、飛び出して、アフリカまで行くほどの波乱万丈《はらんばんじょう》のすえ、愛する美しいカップがいるのがわかっているジネーヴラの家を勘《かん》で見つけた。そうしていまこうして彼女を見つけた喜びにふるえて、跳《は》ねているのだ。「どんな扱《あつか》いをうけていた?」と彼はたずねた。

「お鍋は友だちで、とてもやさしくておおらかなの。でもガラスのふたのほうはなにがなんでもわたしを恋人にしようとするの」

受け皿は一瞬《いっしゅん》もひるまなかった。鍋ぶたに突進《とっしん》し、もうれつなパンチをくらわせて少しこわして、気絶させた。まさかセーヴルの皿にこんな力があるなんてだれが思っただろう！

鍋は悲鳴をあげて、泣きながら「助けて、助けて、殺される！」と言う鍋ぶたを守りに走った。愛する妻は彼を抱きしめ、いい子、いい子して、傷口をふき、愛情をいっぱい注いでやり、彼は最高にしあわせだった。「知ってるかい、愛は伝染《でんせん》するんだよ！」と最後に彼女に言った、「ぼくを愛しぬいて、きみはぼくにも愛を伝染させたんだ」そう言ってそれはやさしく彼女を抱きしめたので、鍋はうれしさに沸騰《ふっとう》しだした。その日から鍋と鍋ぶたはしあわせに、心みたされて暮らした、いまや彼のガラスはくもって傷だらけだけれど。そしてセーヴルのカップも彼女の愛する金縁の受け皿とともにしあわせに暮らした。

5　故買人……盗品だと知って買う商人。

カナダのカラス

La Cornacchia del Canadà

ああ、きれいな、きれいな、きれいな
女の子たち、こっちにおいで
カナダのカラスの
話をしてあげるから。

ある日、女のカラスが
草原にいて
男のカラスが窓《まど》から
ウィンクをしていた。

でも女のカラスは
そんな愛などどこ吹く風
なぜなら草のかげに
猟師《りょうし》のチェッキーノ[★6]がいたから。

こんな歌を、食事をしない五歳《さい》のパッリーナ★7という女の子のママが歌っていました。「食べてちょうだい、いい子だから、お願い」ママはそう言って、どんどんやせほそってゆく女の子の腕《うで》を絶望《ぜつぼう》して見るのでした。

女の子は、「カナダのカラスのお話をしてくれたら食べるわ」と言いました。そこでママは話しはじめました。「むかしむかし、とてもおしゃれで美人で、猟師に恋《こい》しているカラスがいました。カラスは闇夜《やみよ》のようにまっ黒で、長い羽は星を散りばめたようにキラキラ光っていました。くちばしは淡《あわ》い琥珀色《こはくいろ》で、卵《たまご》の黄身のようにきらめいていました。足も黒くじょうぶで、胸はほとんど青にちかい黒、やわらかく、いい匂《にお》いがしました。その辺の男のカラスはみな彼女《かのじょ》に恋していました。でも彼女は彼《かれ》らには見向きもしません。栗色《くりいろ》の髪《かみ》にタバコ色の腕、真っ白のきれいなシャツを着て、いつも腰《こし》に銀色の銃《じゅう》をさしている猟師のチェッキーノを愛していたから」

「どうしてやめるの、ママ?」女の子がたずねました。そして若くて美しいママが小さなコンパクトをのぞき見て、唇《くちびる》に口紅《くちべに》をぬるのを見ていました。口紅が金色に光って、まるでカラスの琥珀色のくちばしのよう。「それから?」と女の子がせがみ、ママはため息をついてつづけました。「パッリーナ、あんたには負けるわ……さて、オリエンテ

6　チェッキーノ……狙撃兵（そげきへい）という意味。
7　パッリーナ……小さな弾丸（だんがん）という意味。

という名前のカラスは、愛するチェッキーノが朝はやく家を出て狩りに行くとき、きれいになっておこうと、夜どおし羽をみがきました。そしてチェッキーノが銃を撃《う》って、野ウサギが遠くでバタバタすると、オリエンテは大喜びで口笛を吹きました。『あたしのチェッキーノの狙《ねら》いはピッタリね！』と大きな声で、美しい羽をふるわせて拍手《はくしゅ》かっさい。でも猟師は彼女に目もくれません。猟師にはカラスなんてどうでもいいのです。カラスは食べられるかい？　カラスの肉になんか値《ね》打ちがあるかい？　なんにもないね、だから邪魔《じゃま》しないで飛んでいろ、その耳ざわりなガーガー声で！　でもオリエンテはくじけません。なんとか猟師の気を引こうと、遠くに彼の姿が見えるとすぐにカーカー鳴き、木から木へと飛んではあとを追い、野ウサギやイノシシやヤマウズラなど、走ったり飛んだりしている動物を撃つと、つばさをうちならして拍手かっさいするのでした。

彼女に言い寄るカラスたちのなかでだれよりも熱心な、黒ぐろとしたつばさと瑪瑙《めのう》のような黄色い目のハンサムなカラスが彼女をからかいました。「あの男はきみのことなんかなんとも思っていないよ。どうして自分のまわりを見ないの？　ぼくらのほうがあいつよりましなのに。あんなまぬけのどこがいいのさ？」でも彼女は肩《かた》をすくめるばかり。この黒いカラスたちにはなやかさとか甘さとかのなにがわかるというの？　あたしのチェッキーノは金髪でのんき、天使のような声で歌い、ひもつきのすばらしいくつをはいて、まるで古代の戦士の槍《やり》のように銃をつかいこなすわ。どうして彼と肩を並《なら》べたりできるの、この無学でうぬぼれ屋のカラスたちは？　彼女はいちど、本を一ページ、書いたことだってあったのです。字が書けないから、ほんとうに書いたとはいえないかもしれないけれど、紙の上に両足《りょうあし》をおいて、本の文字にとてもよく似た小さな足跡《あしあと》を残したのです。

それを思いつかせてくれたのはチェッキーノでした。じっさい若者《わかもの》は午前中ずっと狩りをしてから、木の下にすわる習慣がありました。そこで小さな本を出して、それをたっぷり一時間も鼻先にくっつけているのでした。でも、あのなかにはいったいなにがあるのかしら？　知りたがり屋のカラスはいぶかり、ある日、猟師の頭の真上にのびているイチジクの木の枝にとまって、チェッキーノの関心の的をのぞきこみました。人間が本と呼ぶその物体のなかに見つけたのは黒い文字で、それはまるで爪《つめ》の汚《よご》れた鳥の足跡のようでした。そこで彼女も愛する男の気を引くために行動したのです。まずゴミ箱で白い紙を見つけ、黒い灰に足をこすりに行き、それからそっと紙の上を歩きはじめると、紙はまもなくタール色の小枝でいっぱいになりました。それから、チェッキーノが朝、狩りに出かけるときにその手紙を見つけるようにしました。彼が足をとめて、それを取りあげ、本を読むときのようにそれに顔を近づけるようにと。でも彼は家を出たとたん、それを踏《ふ》んでしまい、しめった灰のせいでくつ底に紙がはりついたので、かんかんに怒《おこ》ってしまいました」

「ママ、どうしてやめるの？」女の子が、気もそぞろのママを見てたずねました。若くて美しいママはいま、通りを横切っている、シャツ姿の金髪の若者の動きをうかがっています。このためにロ紅をぬったんだわ！　女の子は思いました。そしてドキドキして、男が角を曲がるのを待ちました。ところが男は、広場のほうではなく、まっすぐ彼女たちのほうに来て、ふっくらした唇に口紅を塗ったばかりの若いママの手をとって、愛情をこめてそれにキスしたのです。

「それで、ママ、カラスはどうなったの？」と女の子がたずねましたが、そのあいだに男は抜け目なく女の耳元にかがみこんで、ひそひそ話しかけました。

「最後まで話してくれる、ママ？」

「ぼくが話してあげるよ」と若者があいそよく言いました。そして美しくやわらかな声で話のつづきをし、その声が耳にとどくと、女の子はまるで耳をなでられるようでした。

「カラスはある日、彼の目につくように、猟師の頭の上を大きく輪を描いて飛んでいたが、彼はその日、どんなに森や荒れ地を歩いても、巣から出るネズミ一匹《ぴき》見つからなかったので腹を立て、手ぶらで家に帰ろうとしかけたところだった。彼はカラスを見て、彼女の飛びっぷりに感心したけれど、それから手で、うるさいと、追いはらうしぐさをした。ところがカラスは、はじめて、しかも関心をもって見られたので、遠ざかるどころか、自分のアイドルのそばに、これまでにないほど近く、ほとんどくちばしが触《ふ》れるほどに、愛をこめて近づいた。とそのとき、男は笑顔を消して、銃を上げて撃ったのさ」

「でもどうして?」と女の子がたずねました、「カラスは食べられないのでしょう?」

「なんだかんだとおべっかを言って、彼はうんざりだったからさ」と若者は言って、笑いました。

女の子は若者が猟師のチェッキーノと同じように白いシャツを着ているのに気づきました。そのきらめく白シャツでおおわれた腕を男は若く美しいママの腰にまわして、ふたりは行ってしまいました、公園のベンチにすわった女の子を置き去りにして。女の子の膝《ひざ》にはカラスの死骸《しがい》がのっていました。

くつに住む一家

Una famiglia in una scarpa

くつの中に、父親と母親と五人の子どもの一家が住んでいた。母親はとてもおいしいタルトを作るけれど、ときどきそれが爆発《ばくはつ》して、生まれたばかりの小鳥たちが空中に飛び散った。そのわけは、発酵《はっこう》させるためにくつのひも穴《あな》のひとつにタルトの生地をのせておくと、それがとてもやわらかくしっかりしているので、スズメたちがそれを巣にするから。スズメたちはくちばしで穴をひとつあけて、そこに卵《たまご》をうめる。やがて、オーヴンの熱で、卵がかえり、ひなたちは息苦しくなって、タルトの皮を爆発させるのだ。

くつママの子どもたちはこんなひなたちの爆発になれっこで、彼《かれ》らをそっと窓《まど》のほうへ押《お》してやる。子どもたちはほんとうに森の動物たちと遊ぶのになれっこだった、彼らが住むようになったその古ぐつは、森のはずれに捨《す》てられていたから。そのくつの近くにはイノシシ一家の巣もあって、彼らはその子どもたちとよくかくれんぼをして遊んだ。

くつパパは狩りに目がなかった。朝はやく家を出て、銃《じゅう》をかついで森をうろつきに行った。イノシシたちは彼のことをよく知っていて、彼の口笛が聞こえるとすぐに笑顔であいさつした。彼らは、彼がどんなに狩りに夢中でも、イノシシはぜったいに撃《う》たないことを知っていた。彼らは友だちで、子どもたちはいっしょに遊び、ときどき満月の夜に、同じ草地でいっしょに踊《おど》るほどだったから。

じっさい、くつ男は、家のある森から遠くへ狩りにいき、よくベルトに野ウサギをぶらさげて帰ってきた。このことからイノシシたちは、友情と尊敬《そんけい》から、くつ男はけっしてイノシシを、たとえ見知らぬイノシシでも殺さないだろうと信じていた。

夜、家のなかでいちばん暖《あたた》かい、くつのてっぺんの二段ベッドで寝《ね》るくつの子どもたちもそう思っていた。

ママはタルトを作らないときは仕事さがしに行った。「わたしはずっと働いてきた」と言う、「だからどうしてまた働いてはならないのかわからない」。ママは六番目の子どもが生まれるのでお腹が大きく、夫はできれば彼女に家にいてもらいたかった。でも彼女はがんこで、毎日ひとりで外に出た、まるで《わたしは自由よ、ずっと自由でいたいのよ》と言うかのように。

ところがある朝、五時ごろ、パパが狩りにいくために家を出ると、起きたばかりのイノシシの子が目の前で、家の菜園のレタスを食べているのに出くわした。イノシシの子は元気よく彼にあいさつした。「おはようございます、くつのおじさん。子どもさんたちは元気ですか？　今朝《けさ》も狩りに行かれるのですか？」だがくつ男は、この小さな盗《ぬす》みに腹を立て、だいいち自分は子どもたちがこの動物たちと仲良くするのを認《みと》めたことなんかないと、銃をかまえ、イノシシの子を殺した。

翌日、イノシシの一団がくつ男の家を襲《おそ》い、家じゅうをめちゃめちゃにこわした。パパはいなくて、ママは仕事さがしに出かけ、子どもたちは、いちばん下の子のほかはまだ寝ていた。

「チャオ、みんなでここでなにしているの?」チビが口のまわりにチョコレートをつけたまま、言った。「遊ぶ?」

イノシシたちは返事をしないで、家をこわしつづけた。チビは泣きだした。イノシシたちは彼をロープでしばって、つれ去った。

ママが帰ってきて、たずねた。「チビちゃんはどこ?」

「イノシシたちがさらっていったよ」ほかの子たちが答えた。

「でも、なんのために?」

「しばって、つれていったよ」

女は頭をかきむしった。それから夫がイノシシの子を銃で殺したことを思い出して、子どものことが心配になった。「どうしましょう?」

「パパが帰るのを待とうよ」いちばん上の子が言った。

「そうしましょう。そのあいだにわたしはタルトを作るわね」ママはそう言って、粉をこね、いつものようにタルトの生地をバルコニーで発酵させた。

夕方、男が帰ってきて、どうして家がこんなにめちゃめちゃになったんだ、ときいた。

「イノシシたちが来たんだ」と子どもたちが答えた、「そしてチビをさらっていったよ」

男はひと言も言わなかった。ママと子どもたちが家を片《かた》づけているあいだに、彼は銃をもって出ていった。

二時ごろ、男は帰ってきて、復讐《ふくしゅう》してやったと言った。

「でもわたしたちの子どもはどこ？」ママがたずねた。

「わからん。見つからなかった。だがほかの二頭のイノシシの子を殺してやった」

「それはまちがっているわ。イノシシたちは明日《あす》また来て、ほかの子たちをさらっていくわ」ママが抗議《こうぎ》した。だが男はひと言も答えなかった。

翌日、パパが狩りにいき、ママが仕事さがしに出かけると、すぐにイノシシの一団がくつの家に押しかけた。かかとについているこわれやすいドアをつきやぶり、あいさつもなく入ってきて、残った子どものいちばん下の子をつかまえて、つれ去った。

ママは帰ってきて、言った。「わたしの下から二番目の子はどこ？」

「イノシシたちがさらっていったよ」いちばん上の子が答えた。

「どうしましょう？　どうしたらいいの？」

「パパが帰ってくるのを待とうよ、復讐してくれるから」いちばん上の子が言った。

「でもそうすればますます悪くなるのがわからないの？　もう、これは戦争よ、彼らはやめはしないわ。子どもたちがみなさらわれたら、どうしたらいいの？」

「パパは銃《じゅう》をもっている。だれよりも強いんだ」といちばん上の子が言った。彼は進級テストに受かったらすぐに、ピカピカのかっこいい猟銃を買ってもらえる約束をとっていた。

「とにかく、わたしはパパが帰るまでにタルトを作るわ」と言って、ママは粉をねりだした。それから生地を窓じきいに出して、発酵させた。

夕方、パパが帰ってきて、なにがあったかを聞くと、ひと言もいわずに、銃をかついで出ていった。ようやく、夜がふけてから、シャツを血だらけにして帰った。

「うちの子は見つかったの？」ママがきいた。

「いや、だが復讐してやった」

「しっかり復讐してやったんだね？」息子はそんなパパが誇《ほこ》らしくて、言った。

「そうだ、望みどおりの復讐をしてやった」とパパは答えて、どんなふうにほかの三頭のイノシシの子を殺したかを話した。

翌日は日曜日で、くつの一家はみんなおそくまで寝ていた。目をさますと、ママが台所で忙しく働いていた。タルトを二個オーヴンにいれて、楽しそうに歌っていた。ときどき、窓の前に立ちつくし、イノシシにさらわれたふたりの息子のことを思って、森を見ていたけれども。

その夜、パパは友だちを食事に招待していた。イノシシ狩りの猟師《りょうし》とその妻、そしてもう銃を撃てるふたりの大きな息子だ。

八時に全員がテーブルについた。ポレンタ★8と、パパが銃で殺したイノシシたちの肉を食べた。ピアーヴェ★9産の発泡酒《はっぽうしゅ》を飲み、それからわいわいと楽しくデザートになった。ママが、ドームのように丸くふくらんでつやつや光り、きつね色にこんがり焼けたふたつのタルトをテーブルに運んだ。パパがナイフをもって近づき、タルトをふたつに割ると、おそろしい叫《さけ》び声をあげた。タルトの皮のなかに、ふたりの息子のひとりが縛《しば》られ、粉まみれになり、ビスケットのようにこんがり焼けていたのだ。もうひとつのタルトの皮を割ると、みなはあっと後ずさりした。もうひとりの子もビスケットになっていた。

「すぐにイノシシをみな殺しに行くぞ」とパパが銃をとって言った。「きみたちも来てくれ、友よ。息子よ、おまえもだ。やつらを痛《いた》い目にあわせてやらなくてはならん」こうして、男たちは一団になって、銃をかついで夜のなかに出ていった。湿地帯《しっち》をとおるのでゴム長ぐつをはき、防寒用に毛皮の裏《うら》のついた上着を着た。彼らはひと言もいわずに、頭を低くし、イノシシたちに復讐するために凍《い》てつく夜のなかを進んでいった。

そのあいだにくつの家ではママがふたりの息子に死なれて泣いていた。だが泣きながら、息子のひとりがなにか言いたそうにじっと見つめているのに気がついた。そこで布

8 ポレンタ……トウモロコシ粉の大きなむしパンふうの料理。

9 ピアーヴェ……北イタリアの河。流域がワインの産地。

切れを取って、その子についている焼けた粉をふいた。だんだん彼女は、タルトの皮の下で心臓《しんぞう》がピクピク動いているのがわかってきた。子どもは生きている！　彼女はすぐにふたりとも取りだして、浴槽のなかに入れて、ふたりからビスケットをきれいに取りのぞいてやると、水のなかから、すっぱだかのふたりが家に帰れてうれしそうに出てきた。ママは彼らをだきしめてキスした。

夜もふけてから、男たちは腕《うで》を血だらけにして帰ってきた。「イノシシの子を二〇頭ばかり殺してやった。それに今回はイノシシの母親も父親も撃ってやった。これでやつらもわれわれの子どもをつかまえるとどんなことになるかわかるだろう」

「いいえ、あの子たち生きているのよ！」とママが大喜びで言った。「生きているのよ、わたしたちのふたりの子どもが。もう復讐なんて必要ないのよ。ご近所のイノシシたちのところへ仲直りに行きましょう」

「なにが仲直りだ」とパパが言った、「やつらはこの家を襲ったのだから、罰《ばっ》してやらねばならない。さもないと、また近いうちに襲ってくる」銃をしまいながらそう言って、それから友人たちを見送って、眠《ねむ》りについた。

二日後、目がさめると、また息子がひとりいないのに気づいた。今回はだれも、イノシシたちが入ってくるのを見なかった。それなのにだれもが、やつら、イノシシのしわざだと思った。戦争は終わる気配がなかった。

パパはまだきなくさい銃をとって、言った。「みな殺しにしたと思ったのだが。もう、この辺に住んでいるならず者のイノシシを全滅《ぜんめつ》させるまで、安心できない」

「でも、どうして？」とママが言った。「あなたの子どもは生きているのよ。殺されなかったのよ。それなのにあなたはイノシシ一家を全滅させた。いったいなんの復讐をするのよ？」

「やつらはこりもせずもうひとりの息子をさらった。許すわけにはいかない。やつらを全滅させてやる」

「あの子もきっと生きたまま返してくれるわよ」

だが彼は理屈など聞きたくもなかった。上のふたりの息子をつれて、殺すべきイノシシを探《さが》しに森に入った。

そのあいだにママは、あまり悲しんでばかりはいられないと、タルトをつくる準備をはじめた。粉をこね、イースト菌《きん》を入れて、その生地を窓じきいに置いた。

夕方、夫は上のふたりの息子をつれて帰った。生まれたばかりの赤ん坊《ぼう》イノシシしかいなかったので、三人でそれを撃った。流れた血が森を出発点とする長いリボンになって、くつの家のなかにまで届いた。

八時に、家族全員がテーブルについた。ポレンタとイノシシの肉を食べた。それからママがこんがり焼けたタルトを運んだ。パパは、ナイフをつき立てるまえに、お菓子を近くからよく観察した。「このタルトは子どもを隠《かく》すには小さすぎる」とタルトをふたつに割って、言った。たしかになかに子どもを入れるには小さすぎたが、さらわれた息子の腕を入れるにはじゅうぶんの大きさだった。

パパは、かんかんになって、そのタルトを踏みつけたが、ママは切られた腕を取りあげて、胸にだきしめた。

「これからはもうタルトはつくるな」と男は妻に言って、まるで自分のことばにピリオドをうつかのように、一発ズドンと空に発砲《はっぽう》した。

妻は彼の話を聞いていなかった。あとで息子の身体につけるためにこの腕をどうやって生かしておいたらいいのかと考えていた。念のため、タルトを焼くときのように、それに粉と砂糖《さとう》をふりまいてオーヴンに入れた。

翌日、男はガソリンをとりだし、それを森の植物の上にまいて、ところかまわず火をつけた。木たちが叫びだした。「焼ける、焼ける、助けてくれ!」だが男はたじろぐことなく、フーフー吹いてはまた別の火種をつくり、ついに森全体がゴウゴウうなるひとつの炎となった。煙が上がり、かわいそうな動物たちは巣穴から逃《に》げ、親は子どもたちをつれて走り、跳《と》びあがり、尻尾《しっぽ》が焼けて、湖の水のなかに飛び込んだ。

炎はあっというまに森全体をつつみ、勢いにまかせてくつの家にまでたっし、それをひと口でのみこんだ。くつママと子どもたちは湖のほうへ逃げた。

「家がなくて、これからどうしたらいいの？」彼女は泣きながらつぶやいた。

「やつらを全滅させたんだ、わかったか？」と男は言って、地面に腰《こし》をおろして、タバコを吸《す》った。

「でもわたしたちは家なしよ。そしてわたしたちと同じように、罪もない何千もの動物が家なしになったのよ」

「それがどうだと言うのだ？　おれたちのほうが強いことを見せつけてやったんだ。おれたちはやつらをみな殺しにした。これでイノシシどもも思いあがったことをしたまちがいがわかるだろう。ほかのくつをさがしにいこう」

「ちょっと待って」と妻が言った、「そのまえにオーヴンに入れたままの子どもの腕を取りにいかなくては」

家の焼け跡《あと》にもどってみると、オーヴンはまだあたたかく、中に、粉をふりまいてフランスパンのように焼けた息子の腕があった。

夫が焼け野原でのんびりタバコを吸っていると、ひとつの声が聞こえた。「あわれなしょうがい児にお情けを！」ママが目をあげると、イノシシにさらわれた、骨《ほね》と皮のようにやせて、片腕《かたうで》のない息子が走ってくるのが見えた。

ママも走ってゆき、彼を胸に抱きしめて、言った。「やっと見つかった。元のようにくっつけるために、腕をとってあるわ。おまえがもどってくるのはわかっていたわ」

だが少年はママもパパもわからず、それどころか、ふたりをおそろしそうに見つめた。「わたしはおまえのママよ」と彼女が言っても、彼は首を横に振《ふ》るだけだった。「これはおまえの腕よ、わかるでしょう？」と言うと、彼は返事のかわりにブーと鳴いた。

パパが彼の首根っこをおさえて、湖のほとりにつれていった。「さあ、新しい家を建てよう」と言った、「手伝ってくれ。おまえはおれの息子だ、だれよりも頑丈《がんじょう》にできている、いやとは言わせないぞ」

息子はパパを手伝ったが、彼の動作は日に日におかしくなった。そして肌《はだ》は毛でいっぱいになった。

「うちの息子になにが起きているんだ？」ある日男は、なにか見覚えのある、憎らしいものだが、それがなにかことばが見つからないものを思い出させる少年の顔を見ながら言った。

「もうわたしが作るタルトも食べようとしないの」とママが言った。「腕は穴の底で腐《くさ》るにまかせているわ。それに犬のように食べ物を床《ゆか》の上で食べるの」

「おまえ、おれたちの息子がなにに似ているか、わかるか？」

「なにに？」

「イノシシだ」男はがっくりして言った。

たしかに、いまや少年は完全にイノシシになっていた。ママは、彼の歯が長くて曲がっているのがわかったが、泣きながら彼を抱きしめた。パパは立って銃を取りにいった。するとイノシシは口をひらいて、言った。「あんたは自分の息子よりも銃を愛しているんだね。だからあんたは銃になる運命なんだ。ぼくがイノシシになったように、あんたは銃になるんだ」

彼がそう言いおわるや、茫然《ぼうぜん》としている妻の目の前で、くつ男は鉄と木でできた大きな銃になった。

「それならおまえを撃ってやる」銃が言った。

「撃ってごらん」息子が答えた。

銃はうごき、身体をよじって、跳《は》ねあがったが、撃つことはできなかった。

「銃は自分では撃てないんだ」イノシシが言った。「引き金を引かせる手が必要なんだ。そのままそうしているといいよ。おやすみ、パパ！」

「手をかせ！」くつ男は妻に言った。「撃て、引き金を引け、おれだけでは撃てないのがわからないのか？　あのイノシシにおれを侮辱《ぶじょく》させたままにするな」

「あのイノシシはあなたの息子よ」と女は言って、引き金を引くことを拒否《きょひ》した。銃はまたどなりだしたが、女はどなるにまかせた。彼女はイノシシ息子の足をつかみ、森へと向かった。

サーカスの小鳥

L'uccellino al circo

むかし、あるサーカスの団長がむかしのような軽業師がいなくなったと息巻《ま》いた。「どいつもこいつも安全ネットをつけてくれ、保険をかけてくれとぬかす」と、大きな木箱のふたを六本目の指でたたきながら言う。そう、団長はほんとうに六本指で、それがおおいに自慢《じまん》なのだ。ショーの最後にかならず両手をひらいてリングに出てきて、自然のもろもろの現象《げんしょう》について演説《えんぜつ》をした。観客はあっけにとられて、その六本指を見つめ、なにやらわけのわからない演説に聞き入り、最後には拍手《はくしゅ》かっさいをした。

「いまやだれも自己犠牲《じこぎせい》の精神がない」と団長は六本指をひらいて言う。「ゾウの飼育係たちはゾウをつないでおく鉄のチェーンをくれと言う。むかしは飼育係はわしの友人のラシドひとりだったが、彼《かれ》がチッチッと舌うちするだけで、四頭のゾウがひつじみたいに彼についていったものだ。軽業師たちはいつでも、練習中でもネットを張ってくれと言う、むかしはネットなしで空中にいるのが自慢だったのだがね。わしの娘《むすめ》のドレスは、彼女《かのじょ》にもなんとかわしと同じような六本指をと願ったのはかなわなかったが、ネットなしで空中一〇メートルのブランコに乗っていた。たしかにある日落ちてろっ骨《こつ》を何本か折ったが、治《なお》るとまたすぐなにも言わずにブランコに乗った。ロマ★10の新人ライオン調教師《ちょうきょうし》はボーナスと休日手当を要求する、むかしいたスペイン人の調教師は体重が一〇〇キロもあって、ライオンに腹を立てると、その上に飛び乗って、ボコボコにしたものだ……あの悪賢《わるがしこ》いライオンたちがなんときれいに整列したことか！　だが年をとって死んでしまった、かわいそうなカルロスは、しかたがないが……いまいるロマのオマールは、わしがいなければ道端で物もらいをしなくてはならないくせに、毎朝、食事の用意ができているのを望み、『オマール、きょうはおまえが後片《あとかた》づけの番だ』とでも言おうものなら、大変なことになる。世の中はすっかり変わってしまった、しかも悪くね」

彼は《アダモ大サーカス団》の看板の下に、《求む、才能ある空中ブランコ乗り、または綱渡《つなわた》り。無能者お断り》と書いたポスターを出していた。

いま、汚《よご》れた大テントの下の、おがくずだらけのリングのまんなかで、アダモ大サーカスの団長は、ポスターを見て応募してきた若者《わかもの》たちの面接《めんせつ》をしていた。サーカス団は数日まえから、失業者が何千人もいる南イタリアのある大都会の郊外《こうがい》にテントを張っていた。

「きみの特技は？」と、団長は最前列で興奮《こうふん》して両手をよじっている、超《ちょう》ショートヘアの少女にたずねた。

10　ロマ……ヨーロッパを中心に移動する少数民族。音楽、踊り、うらないなどで生活。現代では定住生活をする者も多い。

「宙《ちゅう》返りです」少女は蚊《か》の鳴くような声で答えた。じじつ、彼女はこの夏、曲芸講座に通って宙返りをおぼえたのだが、まだ少し重すぎる自分の身体に自信がなかった。

団長は彼女の頭から爪先《つまさき》まで見た。「その太り具合じゃ宙返りはむりだろうね」とぶっきらぼうに言ったが、「ともかく、やってみてくれ」と汚れ放題のカーペットをしいたリングの中央を指さして言った。少女は四歩、前にすすみでると、両手につばを吐《は》いて、最初の宙返りをやってみた。うまくいった。トビウオのように空を舞《ま》って、しっかり両足で着地した。満足そうにほほえんだ。

「もう一回!」団長が言った。

少女は助走をつけて、また跳《と》んだが、こんどは失敗で、くさいカーペットの上に両《りょう》脚《あし》をひらいて落ちてしまった。すぐに立ち上がって、もういちど試みようとしたが、団長は六本指のぶあつい手で彼女を制した。

「もういい。ごくろうさん。次の者!」とやぶにらみの若者のほうを向いて叫《さけ》んだ。

「きみはなにができる?」

「どんな動物の鳴き声でもまねできます」若者はそう答えて、まずはロバの鳴き声、それからゾウの吠《ほ》え声をするとすぐに、鉄のチェーンでつながれたかわいそうなゾウの一頭がこたえた。それにまたべつの、近くにつながれていたゾウがこたえて、ついに、ゾウたちの絶望《ぜつぼう》と悲しみの合唱が空中にたちのぼり、それがライオンたちを不安にさせて、彼らもまたうなりだした。

「もういい、やめてくれ！」団長が叫んだ。

「まだ終わっていません」やぶにらみの若者はふんばる。「小鳥やカエル、バク、ネコの鳴き声はいかがです？」

「いや、けっこう」と団長は怒《おこ》って答えた、「きみの才能がすごいことはわかったが、きみのような団員は必要ない。きみはサーカスの動物たちに革命を起こさせかねない。わしが必要なのは規律だ、ゾウたちの反乱ではない」

若者はなんとか、自分の物まねは動物たちを不安にさせるだけでなく、彼らを心おだやかにさせることもできると説明しようとしたが、団長は六本指の大きな手を扇《おうぎ》のようにひろげて、そっけなく彼を追いはらった。

「次の者、前へ！」痛《いた》む背中をさすりながら言った。テントの下の長蛇の列をちらりと見て、汗のにじんだ額を指でふいた。

こんどは曲芸師だ。「きみのできることをやって見せてくれ」と彼に言った。

若者は床《ゆか》にすわると、両脚を耳の高さにまで上げ、首がお尻にふれるほどに身体をのけぞらせ、そのまま、まるでニワトリをのみこんだ大蛇のように身体をゆらした。

「ほかには？」

「これだけではだめですか？」

「だめだね。すぐれた曲芸師はいろいろできなくてはならない。きみはひとつだけだ」そう言って、彼を追い返し、ほかの者を通させた。

「きみの特技は？」

「箱をください、中に入って、一〇分でもそのまま入っています」

団長は箱をもってこさせた。灰色の髪《かみ》の男は、というのはこんどは若者ではなく、長くやわらかな灰色の巻き毛を襟《えり》元までのばした、ほほのこけた老人だったからだが、箱に入ると、何分間か、息もしていないかのように、中にいた。

「気に入りましたか？」箱から出てくると、老人はしびれた、がりがりにやせた手足をのばしながら言った。

「いや、あんたは曲芸師としては老人すぎるし、家のように大きな箱に入っているならだれだってできる」

「それならもっと小さな箱をもってこさせてください」男は憤慨《ふんがい》して言った。団長は小道具の箱をあけて、ぞうきんで拭いてから、老人に中に入るようにと言った。老人は箱を、それから団長を見て、やおら勇気をふるいたたせて中に入り、両脚を口まで上げ、首を両肩《りょうかた》に埋《う》め、頭を脇《わき》の下にもぐらせた。団長は腹だたしげにふたをしめた。何秒間は静かだった。実験は成功したかのようだった。だがそのあとで、せかせかと、めちゃくちゃにたたく音がして、「窒息《ちっそく》する！」という弱々しい声がした。団長がふたを開けると、灰色の長髪《ちょうはつ》男は咳《せ》き込み、つばを吐きながら飛び出た。そして団長は彼を去らせた。

もうすぐ夕方だ。ショーを始めなければならないというのに、まだなんの準備もできていない。団長はビールを飲み、なにもできないくせになにやら大した才能の持ち主だと思わせたがる連中をののしった。「わしが小さかったころは」と言った、「サーカスはひとつの町だった、法律《ほうりつ》があり、王と王妃《ひ》がいた。いまじゃだれもかれもがサラリーマンになりたがり、まったくサーカスなんてあわれなもんだ。金もうけばかり考えて、芸はどうでもいい。どいつもこいつも能無しだ」と、じっさい、なにがしかのお金ほしさに自分の能力をアピールしようとする連中をくりかえし罵倒《ばとう》した。

ここで団長は入口をしめることにした。《なにをやってもだめな》この若者たちの試験をするのにうんざりした。列に残っていた者たちを追いはらい、汗をふいて、着替《きが》えをしに行こうと思った。戸口で、耳に小さなイヤリングをつけた、ひょろひょろの若者に出くわした。「お願いです、ぼくの話を聞いてください」と言った。「働かなくてはならないんです。テストをしてみてください」

「なにができるのかね？」

「小鳥になれます」若者が答えた。

「小鳥になる？　どういうことかね？」

「ピーピー鳴きながらピョンピョン跳《は》ねて、それから窓《まど》の外へ飛んでいきます」

「ばかものめ！」と団長はどなった、「おまえたちはまったくわしにいらぬ時間つぶしをさせる。とっととここから出ていけ」

若者はなぐさめようがないほど悲しげな目で彼を見つめた。ついに団長は心を動かされかけて、小鳥にならせてみようと思ったが、そこでどっとつかれがでたのと、大したことのない技をさんざん見せられたことを思い出して、片手《かたて》を上げると、やさしく追い返すように、六本指をひろげた。

イヤリングの若者は彼に物憂《ものう》げな最後のまなざしをそそぐと、まさに母親に捨《す》てられた子スズメがそうするようにピーピー鳴きながら、二本脚でピョンピョン跳ねて、ビニール・テントの天井《てんじょう》にひとつだけあいている通風孔《こう》までひと跳びで、跳びあがると、最後にピーとひと鳴きし、両腕《りょううで》を悲しい子スズメのように羽ばたかせて大空に消えた。

団長は口をぽかんとあけたままだった。「あいつを呼べ、呼びもどせ！」われに返って、団員たちをどなりつけると、彼らはいっせいに外に飛び出して若者に追いつこうとしたが、後の祭りだった。

全員がテントから出ると、雲間にただようひとつの小さな点が見えた。

こびと夫婦の娘《むすめ》スピル

Spil, figlia di nani

こびとの夫婦が、みなとても小さくて、タバコの箱に入れておける子どもを五人産んだあと、どうしても大きな子どもがほしくなった。魔法《まほう》使いに相談に行くと、一日に五回飲む薬をわたされた。「夫がシロップを口にふくんで、それを妻の口に入れるんだ、一日五回、五日間、月の五週ごとに」と魔法使いは言って、ふたりのこびとはその飲み方を紙にメモした。

ふたりはとても注意深くはじめた。彼《かれ》が小さなビンから赤っぽい飲み薬を飲み、唇《くちびる》をじょうご代わりにして彼女《かのじょ》に移す。彼女はそれを飲みこんでにっこり笑う。薬は苦かったけれど、大きい子どもを産もうとかたく決心していたので、彼らは魔法使いに言われたとおり、まじめに飲みつづけた。

一〇か月後に女の子が生まれて、すぐにほかのどの子たちともちがうのがわかった。とても長くて、家じゅうのどのベッドも小さすぎたから。父親は大工だったので、わざわざ二メートルもあるゆりかごをつくって、女の子はそのなかですやすやと眠《ねむ》った。でもゆりかごをゆらすのに母親の手だけでは足りなかった。そこで五人の子どもたちみんなで、家族がスピルンガ（長いピン）と呼んだ赤ん坊《ぼう》のゆりかごをゆらす役をした。

数か月で女の子は歩けるようになった。でもとても背が高いので、ママはおっぱいをあげるために、娘の口までのぼってゆく木のはしごをつくらなくてはならなかった。ママは一日三回はしごをのぼり、小さなおっぱいを出して、わずかなお乳《ちち》を赤ん坊に飲ませると、赤ん坊はそれをふた口で飲みほして、もっとほしいと泣いた。赤ん坊はいつもいつもお腹をすかせて、ピーピー泣くので、家じゅうがブルブルゆれた。小さなお兄ちゃんたちが彼女の腕《うで》にはいのぼってあやしにいったが、彼女はますますはげしく泣くばかり。

そこで両親はやむなくある農婦からめすのやぎを一匹《ぴき》借りることにした。朝、やぎを眠っているおふろ場から出して、スピルことスピルンガのはてしもなく長い脚《あし》をのぼらせ、ひろびろとしたお腹の広場をとおって、長い胸と長い長い首を歩いてようやく口に到達《とうたつ》させる。外の天気がいいときは、やぎはテラスに出て、通りの道を眺《なが》め、小屋に残してきた自分の生まれたばかりの子やぎを思っては悲しい鳴き声をあげた。だがほどなくやぎのお乳も間に合わなくなり、女の子はすっかりやせてしまった。

そこでパパはいいことを思いついた。高さ二メートルの木のママをつくり、その胸に、水で薄《うす》めたやぎのお乳を入れたバケツを下げて、乳首の先端につけた小さなキャップから女の子の口にそれが注がれるようにしたのだ。こうしてスピルは満足した。だがそれにはは大変なお金がかかり、ふたりのこびとは、この先どうしたらよいのか心配になりだした。もうすでに貯金は底をついており、お先真っ暗だった。

女の子に規則どおりに白いエプロンを着せて学校へ行かせるために、夫婦のダブルベッドのシーツを切ってエプロンにしなくてはならなかった。スピルが夕方くつを脱《ぬ》ぐと、それはとても広いので、下のお兄ちゃんたちがふたり、そのなかで寝《ね》た。教科書入れときては、布と革《かわ》とボール紙を縫《ぬ》い合わせてつくるのに五日もかかった。それはこびとのママの大傑作《だいけっさく》だった。ママはそれに、スピル・デ・ナネッティ（こびと家のスピル）と、娘の名前をししゅうまでしてくれた。

問題は食事だった。女の子は六人家族全員分を食べるので、はっきり言って、小さなこびと一家にとって、負担《ふたん》になりはじめていた。そこでパパとママは彼女を売ろうと思った。彼女を市場につれていって、たくさんの商人に彼女を見せた。だが商人たちは彼女があまりにやせて、あまり魅力がないので、買おうとしなかった。そこでパパとママは彼女をむりやり太らせようとした。バターつきのパンや子ひつじのもも肉などをどんどん食べさせた。そのために、石づくりの持ち家を売って、ぼろ家に引っ越した。だがスピルはぼろ家に入らないので、犬といっしょに、外に張ったテントに寝させられた。

「風邪《かぜ》をひくわ」とママが言った、「病気になるわ」

でもスピルは若い雄牛《おうし》のようにじょうぶで、ほとんど野宿のようにして寝ても、風邪ひとつひかなかった。ついに、一二歳《さい》になって、いまや二本の脚がしっかり歩けるようになり、両腕が二本のマストのように長く頑丈《がんじょう》になり、首は一メートル以上にものび、髪《かみ》の毛が家族全員をおおえるほどふさふさになったとき、パパとママは金貨三〇枚で彼女をひきとるという商人を見つけた。こうしてこびとの一家はほっと安堵《あんど》のため息をついた。「たしかに、わたしたちは魔法使いに大きい子がほしいと頼《たの》んだけれど、怪物《かいぶつ》みたいに長い子じゃない」売ることとの言い訳にそう言った。女の子は店に出されて布地を売ることになった。商人はこの売り子がはしごにのぼらずに一番高い棚《たな》の生地ををとれるのがとても自慢《じまん》だった。だがスピルは退屈でたまらず、そっと、海の冒険《ぼうけん》物語の本をつぎつぎと読んでいた。いちども見たことのない海を見たいと夢みた。

ある日、きれいな深紅《しんく》色に金ボタンがいっぱいのチョッキを着たでぶっちょの男が店に入ってきて、彼女をしげしげと見て言った。「それにしてもこの子は背が高いね。いくつかね、ひょろ長のっぽちゃん？」スピルは答えた。「一三歳です」「わしのサーカスに入らないかい？　がっぽり稼《かせ》いで有名になれるよ」スピルは承諾《しょうだく》して、すぐに仕立て屋につれていかれ、そこで、ますます長く見えるような縞《しま》もようの服が作られた。頭には、先っちょに赤いポンポンのついた帽子《ぼうし》をのせられた。足にはふたつのボートのように見える白いくつ。

サーカスの生活はひどくきつかった。五時に起きて、支柱《しちゅう》を立ててテントを張るために全員でロープを引き上げなくてはならない。八時、ゆでたじゃがいもと甘い牛乳の朝食を食べてから、三時までつづく練習に行かなくてはならない。それからパンとサラーミと泉の水の昼食をかきこむ。それからまた、軽業師たちが上のほうで練習しているあいだに、テントの下にカーペットをしいて、ネットをはる。七時には、太鼓《たいこ》がドンドンなるとともに始まるショーのために、なにもかも準備がととのっていなくてはならない。太鼓をたたくのはピエロたちで、彼らはすぐに急いでピエロや、何人かは調教師の衣装《いしょう》に着替《きが》える。このどちらかというとうらぶれたサーカスの団員は二〇人ほどだが、ひとつの役から次の役へと、踊《おど》りながら一周して目にもとまらぬはやさで変身するので、一〇〇人もいるように見えた。たとえば綱渡《つなわた》りのドロレスはブランコに乗るまえにリングに白黒の仔馬《こうま》を引きだして、その上にひらりと飛びのって立ち、まるで自分の家のバルコニーにでも立っているようなのんびりした笑顔をふりまいて一〇周する。夜、ショーが終わるとあつあつのパスタをかきこんでから、全員で競技場の掃除《そうじ》にかかり、椅子《いす》を積みあげ、ライオンの檻《おり》をたたみ、馬のおしっこに砂をまき、ロープをゆるめ、棒《ぼう》をはずしてテントを解体する。夜中の一二時にようやく、キャンピングカーのトレーラーのカーテンを閉めて寝ることができる。

毎日毎日サーカスで貯めたお金で、スピルは家族のために小さな家を買うことができた。ママとパパは新しい家がとても気に入った。それは人形の家のような小さな家で、部屋がたくさんあり、子どもにそれぞれ個室、引きだしに入ってしまいそうな居間、電話ボックスほどのキッチン、おふろ場の浴槽《よくそう》はふつうの洗面台《せんめんだい》ぐらいでふたり入れるので、彼らにはとてつもなく大きく思われた。

それなのに少したつと、彼らはまたぶつぶつ言いだした。日曜日に大きいお兄ちゃんがこびとの女の人と結婚《けっこん》するので、披露宴《ひろうえん》のためにお金がいるとか、月曜日には、一番下の妹が学校の教科書を買わなくてはならないとか、木曜日には、おばあちゃんが死んだのでお葬式代《そうしきだい》がかかるとか、パパが新しいひじかけ椅子を買わないと、とかとか。

何年かたつと、スピルはヘビのような腕でその地域で有名になった。彼女のためにリングに作った二階建ての段ボールの家の窓《まど》から、彼女が腕をひょいとのばして、リングを走りまわるニワトリをつかまえて中に入れると、日曜日の観客は大喜びで拍手《はくしゅ》かっさいした。一〇〇通ものファンレターが届き、ベッドから脚がはみでるのに、どうやって寝るのか、一メートルもある長い首でどうやって男の子にキスするのか、みなが知りたがった。

でもスピルは男の子にキスしたことなどなかった。自分は怪物だと思って、ガリガリにやせた身体が心の底からはずかしかったので、それを型崩《くず》れしたセーターや長いだぶだぶの服で隠《かく》した。

一八歳になると、もはやトレーラーの家に入れなくなったので、サーカスの団長に呼ばれた。「おまえの部屋の屋根を高くする金がない」と言った、「それにおまえは大食いで、食費がかかりすぎる。残念だがスピル、ほんとうにもうやめてもらわんとならん」

スピルはわっと泣き出した。どこへ行ったらいいのだろう？　団長にまだサーカスにおいてくれと泣いて頼んだ。仕事を二倍するから、トイレ掃除もみんなの皿洗いもするから。すると団長は言った。「わかった、スピル、残っていいよ、だが頼むから食事を減らしておくれ。われわれはチキン一羽を四人で分けるが、おまえはたったの一日で二羽食べるから」

スピルは気をつけた。食事を減らし、チキンには手をつけないで、オリーヴオイルをつけたパンでお腹をふくらませた。みんなのぶんの皿を洗い、はしごなしではだれも届かないテントのずっと高いところにブランコの輪をつけるのにとても役立つことを証明した。ところがある晩、段ボールの家で自分のショーを演じていたとき、絵に描いた天井《てんじょう》を頭でつきやぶり、壁《かべ》がみな崩れて、彼女も、椅子も、リングを走りまわるニワトリもぺしゃんこになってしまい、観客は口笛を吹いて、料金を返せと大声で抗議《こうぎ》した。団長はかんかんに怒って、おまえのせいで大損だと叫《さけ》んで彼女を追い出した。「先月はオリーヴオイルだけで金貨一〇枚も使ったぞ！」とどなりながら、テントのドアをぴしゃりと閉めた、ハエとアブのまっただなかに。スピルはまだ給料がひと月ぶん未払《ばら》いなことを思い出してもらおうとしたが、彼は聞く耳をもたなかった。こうしてうら若い娘はいきなり家と仕事を失い、首は最近またやたらとのび、両腕はそれを振《ふ》りまわすだけでたちまち犬までおじけづき、足はもはやどんなくつにも入らなくなっていた。

こびとの家に住んでいる家族に会いにいったが、彼女の姿を見たとたんにみんなびっくりぎょうてんして隠れてしまった。「おまえは女じゃない、キリンだ」と母親が悲嘆《ひたん》にくれて言った。「ごらん、こうしておまえと話しているのに、おまえの耳も見えやしない。足しか見えないよ。かわいそうなスピル、残念だけれど、おまえは別世界の人間だわ。どこかへ行っておくれ、小さい子たちがこわがるから」

「お別れのキスをしていい、ママ？」スピルはそうたずねて、しゃがみ、小さくなって、キスをしようと母親に近づいた。でも母親は巨人の娘に恐《おそ》れをなして、ベッドの下に隠れてしまった。「悪く思わないで、スピルや。でもおまえにキスされると、ひょっとしたら鼓膜《こまく》がやぶれたり、知らないうちに歯が欠けたりするんじゃないかと思ってね。チャオ、かわいい子、さようなら……」

こうしてスピルは自分が生まれた村から町へとつづく道をひとりで歩いた。サーカスにもどってみたが、サーカスはもうテントをたたんで、どこやらへ行ってしまった。地面にキャンピングカーの車輪のあとと馬糞《ばふん》が残っていた。

どんどん歩いて、一日目は、ある農婦が親切に泊めてくれたまぐさ置き場で寝た。農婦は前の日に夫を亡くしていた。「夫の亡きがらをベッドに運ぶのを手伝ってくれたら、寝るためのまぐさ置き場とスープを一杯《いっぱい》あげるよ」スピルはお礼を言って、遠い畑でとつぜん死んだ夫を石づくりの家の三階のベッドまで運ぶ手伝いをした。そこで、女が夫の服を脱がせて、きれいに洗っているあいだ、スピルは地面にすわりこんで、ハアハア息をしていた。午後はずっと女がお祈《いの》りをするのを聞いていた。それから、八時ごろに、親戚《しんせき》の人たちが来ると、パスタのういた牛乳スープを一杯くれて、彼女はそれを一気にむさぼった。長い長い身体の彼女にはもちろん少なすぎたけれど、おかわりをくださいとは言えなかった。

「水がほしいかい？」農婦がたずねた。「はい」とスピルは答えた。農婦は彼女を井戸《いど》につれていって、言った。「バケツを引きあげておくれ、洗いものにつかうから。残ったのからコップ一杯あんたにあげるから」スピルは腕を井戸の暗闇《くらやみ》のなかに入れて、手でバケツを持ちあげて、中の水をぜんぶ飲んだ。「洗い物につかうと言ったのに」と女やもめ[★11]が言った。だが若い女がいかにもかんたんに長い長い腕を井戸に降ろして、滑車《かっしゃ》も使わないでバケツを引きあげるのを見て、ここにいて、彼女のためにはたらかないかと提案した。「食べ物と寝場所をあげる」とスピルのしなやかで頑丈な腕をほれぼれと見ながら言った。「あんたはちょっとした仕事をしてくれればいい」

スピルは、どこも行くあてがないので、承諾《しょうだく》した。そして翌朝からやもめ女のためにはたらきだした。女は口数は少ないけれど性悪ではなかった。「夫が死んだことだし、代わりに野良仕事をしてくれるかい」と言って、小麦畑につれていくと、そこでは釘《くぎ》のついた犂《すき》をつけた牛が待っていた。午後は牛乳しぼりを手伝った。夜はいっしょにチーズを作り、日曜日にサンティラーリオ[12]の市に売りにいった。

スピルは農作業をしたことがなかったので、最初のうちは不器用だった。つき棒で牛を押《お》さないで、牛に話しかけたり、畑に沿《そ》って生えている小さな実を分けあって食べたりした。牛乳をしぼると、牛乳がバケツの外に飛び散り、チーズは、彼女の手にかかると、まったくかたちがいびつで、ブツブツだらけだった。でもすぐにめきめき腕をあげて、一日に少なくともバケツ一〇杯ぶんの牛乳をしぼるようになった。やもめ女は口にだして「えらいね」と言わなかったけれどそう思って、夜には、丸ごとのキャベツいためやカエルの煮込《にこ》み、豚《ぶた》の皮のフライなどを食べさせた。彼女にもスピルが死んだ夫より働きがよく、しぼった牛乳で作った形のいいきれいなチーズが日曜日の市場で一個金貨一枚で売れることがわかった。でもスピルにいくらかでも賃金を払おうという考えがうかんだことはなかった。感謝の印に寝床《ねどこ》のまぐさを二倍にしてやった。また死んだ夫の木ぐつを与えたが、お金はみな大鍋《なべ》に入れて屋根裏《やねうら》部屋にしまい込み、太くて重い差し金をかけて、その鍵《かぎ》は首にさげて服の下に隠した。

こうして六か月が過ぎた。夜になるとスピルはへとへとにつかれて、本も読めなかった。寝わらにどっと倒れこみ、ゴキブリやネズミたちとなかよく眠りにおちた。

11　女やもめ……夫を失った女性。
12　サンティラーリオ……南イタリアの先っぽ、カラーブリア州にある町。

女やもめは彼女を見ているうちに、いまや彼女が、使用人と、自分が授からなかった娘のあいだの身内のように思われ、彼女のためにあれこれ計画を立てた。そしてある晩、ポレンタを作り、かわらの下にしかけた網《あみ》にかかったあわれな小鳥を焼きながら、彼女に言った。「あんたに夫をみつけてやったよ。日曜日に市場で会うことになっている。あんたたちの結婚のお祝いに豚を一頭殺すわ。あとはこの家で暮《く》らせばいい。寝室《しんしつ》はあんたたちに明けわたす、どうせわたしには大きすぎるから。結婚するまえにそうしていたようにわたしは台所で寝る。子どもができたら、いっしょに育てて、牛乳やチーズやひつじの毛を売ってお金をかせぐのよ」女やもめが笑ったのははじめてだった。歯はみんな黒ずんでいたけれど、目はキラキラ光り、そのときだけ、彼女のまなざしにやさしささえ宿った。

日曜日の市場で、スピルが、疑いぶかくて、においをかいだり、たたいてみたりするばかりで、なかなか財布からお金を出そうとしない農夫たちにチーズを売っていると、黄色いくつに、テンの毛皮の帽子のずんぐり型の男が近づいてくるのが見えた。「あんたのダンナよ」と女やもめが言って、満足そうにふたりを眺めた。その若者《わかもの》も笑った。まだ三〇歳にもなっていないのに、彼の歯もすっかり黒ずんでいた。あとで女やもめが説明したように、それは井戸の水のせいだった。「何年かすれば、あんたの歯もみな黒くなるよ。つまりこの土地の者になるということさ」としたり顔で言った。

スピルはひと言も発しなかった。女に頭をさげて感謝し、黒い歯の若者にあいまいにほほえみかけたが、心のなかでは、死んでもこんな男とは結婚するものかと思っていた。それに彼の黄色いくつにはぞーっとする。彼女はいつもはだしで歩いていた。日曜日だけ、市場で人前に出るので、木ぐつをはき、白地に青い星を散りばめた、洗いたての晴れ着を着た。

その夜、女やもめが眠り、牝牛たちが生あたたかな牛舎で反すうしているあいだに、彼女は寝床から起きて、晴れ着と木ぐつを袋につめ、せいいっぱい髪をきれいにととのえると、そっとそっとドアから外に出た。家から村へつづく小道をもくもくと歩きだし、それから畑を横切って、いちども見たことのない海があるかもしれないと、北の方向をめざした。

歩きに歩きつづけ、夜になると、見知らぬ森に入っていた。木の幹《みき》はねじれ、たるみやこぶだらけで、まるで、彼らのゆっくりした生育のうちにたくさんの苦しみを味わったかのようだった。地面は枯《か》れ葉でおおわれ、若い女の長い足が一歩踏《ふ》み出すごとに悲鳴のような音がした。「わたしはこの世でなにをしているのだろう?」かわいそうなスピルは自分に問いかける。「わたしはひとりぼっち、だれもわたしを愛してくれない、仕事がない、家もない、夫さえいない。首がやたらにのびてわたしはキリンのようになった、足はかけぶとんからはみ出るし、腕はヘビみたい。わたしはこの世でなにをした

らいいのでしょう、主よ、あなたに祈ります、わたしをあなたのところにつれていってください、たぶんあなたはわたしをお化けを見るように見ないでしょう、あなたこそがわたしをこんなふうにつくったのですから……」

夜になってしばらくたったところで、スピルはもう先へ行けなくなった。そこで、とある木の下にうずくまって、朝日がさしはじめるまで眠った。めざめるとすぐに、また歩きだした。お腹が空いたが、食べ物はなにもなく、ほろ苦い、コショウのような味が舌に残る黒い木の実だけだった。飲み物は、岩のあいだに水しぶきをあげている小さな急流が見つかった。寒さがますます身にしみた。もうひと晩、木の下で眠った。もう一日、どこへ行くあてもなく森の中を歩いた。

三日目の晩、すでに木の下で死ぬにまかせるまでだと思っていたとき、遠くに、闇《やみ》の中でチカチカする小さな光が見えた。《なにかしら？》こわごわ自分に問いかけた。でもそれから、静まりかえった森の中を歩きに歩いたあとに生命のしるしに出会ったのがうれしくなり、意を決してその光のほうへ向かった。

近づいてみると、それは一軒の家からの光であることがわかった。たて長の高く美しい家で、ドアは半開きになっていた。すきまからのぞくと、明るい部屋と火が燃えている暖炉《だんろ》、そして椅子がひとつあった。その椅子にはなにやら心ひかれるものがあったけれど、それがなにかはわからなかった。それから、それは椅子の高さだとわかった。彼女がその瞬間《しゅんかん》まで見たどの椅子よりも高い椅子だった。まるでわざわざ彼女のために作られたようだった。

彼女は声をかけた。「ごめんください！」だが返事はない。そこで手でドアを押すと、それは軽くキーと音を立ててゆっくりあいた。スピルは中に入り、すぐにしあわせな気分になった。暖炉はパチパチといきおいよく燃えている。テーブルにはごちそうが並《なら》んでいる。

最初はきょうみしんしん、少しびくびくして、あたりを見まわした。どうしてテーブルがととのって、あつあつの料理とワインをついだグラスがのっているのだろう？　この食事を食べる主人はどこへ行ったのだろう？　彼女は呼んでみた。「お家のかた！いらっしゃいませんか？」でもだれの返事もない。このとき空腹のほうが礼儀《れいぎ》にまさり、まだいくぶんかためらいはあったものの、彼女は椅子に腰《こし》かけると、皿のなかで湯気を立てているおいしいインゲン豆のスープをむさぼり食べだした。女やもめの家を出てから、急流の水を飲み飲み森をさまよい、三日もなにも食べていなかったことを思い出してほしい。

食事が終わると、椅子から立って、家の中を偵察《ていさつ》しはじめた。だが家といっても、じっさいは、食堂兼《けん》居間のほかにもうひと部屋あるだけで、それはほとんど長い長いベッドにしめられ、高い高いところに窓がひとつついていた。スピルはあまりにつかれ、あまりに眠かったので、ベッドに倒れるにまかせ、たちまち眠ってしまった。眠りに落ちるまえにやっとひと言、心のなかでつぶやいた。《でも、わたしの身体の長さにあうベッドで寝るのははじめてだわ、それに足もかけぶとんからはみ出ない》

めざめたとき、なにがなんだかわからなかった。《ここはどこ？》と心配になって思った。もう何年もこんな羽根ぶとんに寝ていないし、もう何年もこんなにぐっすり眠ったことはない。《どのくらい眠ったのかしら？》その家には時計はない。居間にもどると、暖炉はあいかわらず燃えていて、テーブルは彼女がはなれたときのまま、汚《よご》れた皿と半分ワインの残ったグラスがのっている。《洗わなくちゃ》と思った、《無作法なお客にはなりたくない》

彼女は腕まくりをして、食器を洗いだした。だがまさに彼女がせっけん水に手をいれているとき、ドアのほうから物音がした。はっとして頭をあげた。そして呆気《あっけ》にとられてしまった。目の前に金髪の美しい前髪を額にたらした、とても美しい若者がいたのだ。だがもっとおどろいたのは、彼の首がまさに彼女の首のように、とてもとても長いことだった。そして彼の腕はほとんど床《ゆか》につくほどのとてつもない長さで、足はふたつのポールのようだった。若い男は両手に薪《たきぎ》をかかえており、暖炉にそれをくべようとしたとき彼女を見て、彼もまた口をぽかんとあけていた。ふたりはおどろいてなんども見つめ、しばらくはひと言も発することもできずに、じっと見つめあっていた。

ふたりがわれに返ったとき、彼がたずねた。「それで、きみはだれ？」

「わたしはスピル。これはあなたの家なのね。ごめんなさい、入ったりして。でもあまりにつかれていたの。あなたの食事を食べて、あなたのベッドで眠ったわ。許してくださる？」

若者は彼女を見つめ、ほほえんで言った。「来てくれてうれしいよ、スピル。それにしてもきみはどうしてそんなに首が長いの？　これまでぼくのように首の長い人間に会ったことはないのに」

「どうしてかわからないわ」とスピルが答えた、「わたしもわたしみたいに首の長い人には会ったことがないわ」

「ぼくはラッツァーロ。ここでひとりで暮らしている。それで、きみはどこから来たの？」

「ロザーリア・ソプラーナから来たの」とスピルは答えた、「こびとの娘なの」

「こびとの娘、きみが？」

「両親が長い長い子どもを授けてくださいと天に祈って、天はわたしを送ったの」若者は笑い、彼女も笑った。

「天はきみをまちがったところに送ったんだね、スピル」と彼女にひと目ぼれの若者が言った。「もしもきみがいたかったら、この家はきみのものだ。ふたり用のベッドともうひとつ高い椅子を作るよ。そしていまぼくがしているように、森の木で生計をたてよう。ほんとうにいっしょに暮らす人がほしかったんだ。でもあまりに長くて背が高いから、だれもぼくを好きになってくれなかった」

「わたしも背が高すぎて、だれも好きになってくれなかったわ」スピルは信じられない思いで言った。「ほんとうにわたしを置いてくれるの？」

「ぼくらがおたがいに相手のために作られていることがわからないかい？」と彼は言って、彼女を抱きしめた。長い長い四本の腕がからみあい、とても高い顔が近づいて、唇が触《ふ》れあった。

こうして長い長い、高い高いスピルとラッツァーロは、長い長い窓と高い高い天井と、ふつうの椅子よりもゆうに三〇センチも高い椅子のある家で、しあわせに、満足して暮らした。

ローマの犬

Cani di Roma

わたしは野良犬を親友にもつセレブの犬を知っていた。テレマコという名前で、毛は赤茶色、さっそうと大股《おおまた》で歩くアイルランド産のセッターだ。とても気むずかしく、頭のいい犬で、だれもが讃《たた》える自分の美しさを意識していた。ところが友だちづきあいは変わっていて、彼《かれ》のような由緒《ゆいしょ》ただしい犬よりも雑種が好きだった。

彼の親友はブロブという名前の太った大きな雑種で、尻尾《しっぽ》は半分ちぎれ、顔はオオカミ、からだはブラッドハウンドだ。かけ値《ね》なしのブス犬だが、とても機敏《きびん》で、ばつぐんに頭がよかった。

ブロブとテレマコは隠《かく》れて会った。というのは、テレマコの飼《か》い主がその種の犬とつきあうのを嫌《きら》ったから。だがテレマコは命令どおりに動く犬ではない。だから家から逃《に》げて王さまのように大股で町を歩いても、だれも彼をとめる勇気はない。野犬狩《やけんが》りまで、テレマコがいかにも堂々と優雅《ゆうが》に歩いているのを見ると、あえて投げなわを投げようとはしなかった。きっとどこかに飼い主がいて、抗議《こうぎ》されたり、ひょっとしたら、笑いものにされかねなかったから。

いい忘れたが、テレマコは、人間が寄せ木張りと呼ぶ高価な木の床《ゆか》と二重窓《まど》、ナフタリンくさいたくさんのカーペットを敷《し》いた目をみはるようなマンションに住んでいた。

朝、白いエプロンの女が彼のために、新鮮《しんせん》な肉と米と野菜でとてもおいしいスープをつくり、いつもきれいに洗《あら》ってあるステンレスの器にあけて、テラスの床の、二本のクチナシの木と小さなシュロの木、大きなハイビスカスの花のあいだに置いてくれる。

つまり彼の食事はいつもつくりたてで、花の香りがしみついていた。彼がとくにそれが好きなのではない。彼としてはできれば花の香りが少なく、もっと代わりばえがして満腹感のあるもの、たとえばソーセージなんかがいいのだが、月にいちど、彼の往診《おうしん》に来る獣医《じゅうい》が言うには、それは絶対に食べてはならないものだった。できれば残飯《ざんぱん》をあさって骨《ほね》なんかも食べたいのだけれど、それもまた禁じられていた。

一方、ブロブのほうは、テーヴェレ川の橋の下で、野宿者が工事現場で見つけた大小さまざまの木材を組み立てて、厚い、青いビニールシートですっぽりおおったあばら家で暮《く》らしていた。野宿者が食べるときに彼も食べ、たいがいは一日一食だけだった。なにも食べないですきっ腹のまま寝《ね》る日をべつとして、彼の食事は、固くなったパンや、飼い主が河岸《かし》のネコどもから失敬《しっけい》した冷めてかたまったスパゲッティ、あるいは、ゴミ捨《す》て場に捨ててあったのを掘り出して煮《に》て、スープをとったあとの骨などだった。夕方ブロブは友だちの野宿者のトゥルチバルドといっしょに町の通りをうろついて食べものを探《さが》す。共同ゴミ捨て箱があるとかならず足をとめて、犬のほうは周囲の木々のにおいをかぎながら、トゥルチバルドがピッツァの食べ残しやカビのはえたオレンジ、肉をそいだ骨などを見つけて、彼に分けてくれるのを待つのだった。

テレマコの飼い主は男と女のカップルだけれど、ほとんど家におらず、なによりも、お手伝いさんが休みの日曜日はさておき、彼を散歩につれだすのをおたがいになんとか避《さ》けようとした。逆にブロブのほうはいつも、夜でも昼でも動きまわっているので、ときどき、橋の下に帰りつくと、死ぬほどつかれて、横になるかならないうちに、ぐっすり眠《ねむ》ってしまう。

テレマコはすきを見つけては逃げだして、友だちのブロブの家にかけつけ、いっしょにテーヴェレ川の河原をうろついたり、老トゥルチバルドのそばをとことこ歩いて、食べものを探したりした。それは狩りだから、テレマコはたらふく食べられても、お手伝いのダンダと息のつまる散歩にあけくれるたいくつな毎日よりそれが好きだった。それにダンダは、なにかにつけて彼の頭をたたいて「いい子にするのよ、テレ、さもないと殺すわよ」と言う。でもじっさいは、それがあとくされのないおどかしにすぎないことはわかっていた。彼女《かのじょ》はたとえ飼い主に命令されても彼を殺しはしないだろう、とてもかわいがってくれるから。すぐにスリッパで頭をたたくけれど。でも彼は彼女を笑わせるコツがわかっている。前脚と後脚を寄木張りにのばして、カエルのようにぺちゃんこになればいい。要するに、なぐられるのを避けるためにおどけるわけで、それは少し胸が痛《いた》むことだけれど。「でも人間にはそうするものだ」と自分にいいきかせる、「笑わせるか泣かせるかしないと、噛《か》みついてくるからね」

ある晴れた初夏の朝、まださほど暑くなく、テーヴェレ川の水が重くよどんで町のまん中を流れるころ、テレマコはいつものようにフラミーニオ広場の公園に散歩にいくために彼の世話係と家を出た。アスファルトは生あたたかく、あたりには、太陽で乾《かわ》いた馬糞《ばふん》のいいにおいがして、彼は気分がよくなった。「憲兵隊《けんぺいたい》の馬が通っていったのだろう」とつぶやいた。リードを引いてみたが、ダンダがそうさせまいとする。「こんどこそ、死んだっておまえを放さないよ、おまえを追いかけたくないからね」と冷たい声で言った。彼はなにくわぬ顔をして少し女のそばを歩いた。それから、彼女がショーウィンドーの目のさめるような服を眺《なが》めているあいだに、リードを思いきりぐいと引いて、まんまと逃げた。リードを引きずったまま走りだした。でも速く走らないと彼女に追いつかれる。彼女が公園の坂をのぼりながら、「テレマコ！　テレマコ！　こっちに来なさい！」と息を切らして叫《さけ》ぶのが聞こえた。

でもテレマコは追いつかれずに、一〇分ほど走ってテーヴェレ河岸に着くと、橋につづく段ばしごを降りて、トゥルチバルドの寝室《しんしつ》に入った。寝室といっても、シミだらけでぼろぼろのマットレスを地面にしいて、四隅《よすみ》をひもでむすんで、ひん曲がって松やにだらけの松の木の幹《みき》にぐるりとまわした毛布でおおわれているだけ。

テレマコは老人にあいさつすると、あたりを見まわしてブロブをさがした。でもブロブはいない。トゥルチバルドに近づいて、友だちはどこにいるのかときいた。トゥルチバルドは彼の頭をなで、首からたれているリードをはずして、くどくどと話しはじめたが、テレマコにはなにがなんだかさっぱりわからない。わかったのはブロブが何者かにつれ去られたということだけだ。でもだれに？　トゥルチバルドは泣きながら、相も変わらず、涙《なみだ》まじりのことばのスープを吐《は》きだすばかり。「つかまった、おしまいだ、カプット★13、わかったかい、カプット、ちょうちょうみたいに……だがわかっている、魚に食われたんでないことは、このテーヴェレ川にはワニがいるとも言われているが。ああ、どうしよう」

テレマコは泣いてもどうにもならないと思った。すぐにブロブを見つけないと。そのために彼は美しい赤毛の尻尾をいらいらと振《ふ》って動きだした。ずばりブロブでなくてもせめて彼の最後の足どりにたどりつけるであろうにおいを追って地面をかぎまわった。

幸いブロブは、飼い主のトゥルチバルドと同じように、外寝で洗ったことのない毛や、変な食べもの、汚《きたな》い皮膚《ひふ》などの強烈なにおいがする。テレマコはテーヴェレの川沿《ぞ》いを、地面に鼻をつけて、小刻《こきざ》みに歩きつづけた。だがある地点で、立ち止まらなくてはならなかった、においがとつぜん消えたのだ。ちょうど、川面から顔を出している大きな灰色の岩のあたりだった。

鼻を水につけてみたが、まちがいようのないブロブのにおいはせず、冷たい水で鼻がむずむずしただけだった。水から鼻を出して、水滴《すいてき》をふるい落とし、また歩きつづけた。でももうブロブのにおいはない。あの岩の上でとまったにちがいない。テレマコは足を止め、鼻をくんくんさせながら、考えた。彼はどこへ行ったのだろう？　川沿いを歩いたのだろうか？　なにをするために？　だれかが彼をおぼれさせたのだろうか？　泣きたくないのに、絶望《ぜつぼう》して泣きだした。だがそれからつぶやいた。《いや、泣いてもなんにもならない、まわりを見ろ、足取りをさがせ》

そのことばどおり彼は、水のさざ波が静かにのぼってはおりている灰色の岩を近くから観察しだした。《これはなんだろう？》と思って、よく見ると……ちょうど彼の足もとに、緑色の真新しいペンキの跡《あと》があった。鼻を近づけ、舌をのばして、なめてみた。そしてそれは船の新しいペンキだと確信した。川船の特徴である、魚の脂《あぶら》とタールと腐《くさ》った藻《も》の味がしたから。船はどこへ行ったのか？　顔をあげて風をうけると、風は北から吹いている。その風で、南の方向へただよっていく魚の脂のにおいをキャッチした。まちがいなく船はそっちへ行ったのだ。彼は鼻で空気をかぎ、耳をピンと立て、体じゅうの筋肉《きんにく》を緊張《きんちょう》させて、またテーヴェレの川沿いを歩きだした。

一〇〇メートルほど行ったところで、沈没船《ちんぼつせん》の残骸《ざんがい》にロープやいばらがからまって道をふさいでいるのに出くわした。どうやって先に行くか？　いばらをかきわけて進もう

13　カプット……トランプで完敗したときに言うドイツ語。

としてみたが、ひっかき傷《きず》だらけになってしまった。足が、ぬるぬるした、えたいのしれないぬかるみに入りかけているのに気づいてあとずさりした。船のにおいはさっきよりもはっきりとして、彼を河口のほうへと誘《さそ》う。しばらくじっと目をこらすと、ついに泥《どろ》にうもれかけた板があるのに気づいた。泥を引っかいてみた。それから歯で板を自分のほうに引っぱった。板は抵抗《ていこう》した。でもテレマコはくじけずに、なんどもなんども引っぱって、ついに板をぬかるみから引きだした。まずは片足《かたあし》でその板にさわってみた。それから、それが頑丈《がんじょう》なことをたしかめて、その上に乗り、いかだ代わりにして、沈没船の残骸にからまったいばらをひとまわりして、岸辺から離《はな》れるのに成功した。

ところがそうやってしょうがい物を克服《こくふく》して岸辺にもどろうとしていると、すごくはやい急流が彼を川の中心へと運ぼうとしているのに気づいた。彼は尻尾を櫂《かい》がわりにしてみた。板はぐるぐる回りだして、彼はいまにも投げ出されそうになった。

どうしたら岸にもどれるだろう？　板はすでに流れに乗り、モッロ橋の早瀬《はやせ》のほうへどんどん向かっている。

彼は抵抗しようとしたが、打つ手がなかった。流れまかせだった。前方を見ると、早《はや》瀬《せ》がすぐそばまできているのがわかった。水が狂《くる》ったように渦巻《うずま》いている。二メートルの高さからまっさかさまに下の段に落ちて、またゆっくりと河口にむかって流れるのだ。どうしよう？　この狂った板をどうやって止めたらいい？　テレマコは板の上に足を踏《ふ》んばって解決策《さく》を考えたが、いい考えはうかばなかった。

急落下の数メートル手前で、彼はやるべきことはただひとつ、水に飛び込むことだとわかった。川にはいちども入ったことはないが、犬は本能的に泳げることは知っている、あるいはせめてそう願う。ダンダが犬は泳ぎの名手だと言ったのを聞いたことがある。でも泳ぐって、どうするんだろう？　彼は目をつぶって、冷たく、にごった水に飛び込んだ。たちまち沈んで、もろにふたロ、泥の味のするものをのんだ。《さらば、命よ、ぼくは死ぬんだ》とつぶやいて、流れに身をまかせた。だが彼のなかのひとつの声が力づよく言った。《負けるな！　顔をあげて泳げ！》《でも、どうやって？》《手足をはやく動かして、顔を波の外に出すんだ》そうやってみると、彼は奇跡《きせき》のように渦巻く水にういていた。だが流れはまだ彼を早瀬のほうへと運んでいる。あんな、水が渦巻いて、つぎつぎと岩にぶつかっているところにはまったら、どうしたらいいんだ？

《顔をあげろ、バカ、顔をあげるんだ！》彼の中の声が言うのが聞こえる。そこでそのとおりに顔をあげると、水からほんの少し顔を出してどんどん近づいてくる木の枝が目に入った。彼は気力をふりしぼって顔をあげ、その枝にしがみついた。助かった。水は獲物をとり逃がして怒《おこ》って吠《ほ》え、彼はしっかり枝にしがみついて、ついに岸に着いた。

鉛色《なまりいろ》の小さな砂浜にとびおりた。ブルブルと大きく体をゆさぶると、あっちからもこっちからも水滴が飛び散った。それから後足ですわった、ふるえながら。寒くてお腹がすいていた。でもブロブのことは忘れなかった。また、最初に彼をみちびいてくれたあの魚の脂とタールのにおいの名残をさがして、地面をかぎだした。いまはそのにおいは薄《うす》まっていたが、まだあった。船がそのあたりを通過した証拠《しょうこ》だ。そこでまた、いまやペットボトルやこわれた椅子《いす》、やぶれた買い物袋、太いロープの破片《はへん》、さらには爪《つま》先《さき》が歯のない口で笑っているようなゴムぐつなどが散らばって、まるでゴミ捨て場のような河岸を歩きだした。

テレマコは神経を集中して、船の独特なにおいを追ったが、それはときどき消えたかと思うと、また臆面《おくめん》もなくもどってきた。ふと、気がつくと、だれかが彼の首輪をつかんでいた。「迷い犬だ、見ろ、カテリ。野犬収容所につれていこう、ちょっとは金になるだろう」と上のほうで声がした。顔をあげて見ると、ランニングシャツを着て口ひげをはやし、腕《うで》に黒いバラの入れ墨《ずみ》をし、手首に大きな金のブレスレットをたらした男がいた。テレマコがついていくふりをすると、その悪魔《あくま》がのりうつったような男は彼の首輪を引っぱって、岸辺のほうへ引きだした。男のうしろから、油のシミだらけの短いワンピースを着た女の子がけんめいに走ってくる。長い習慣で、テレマコは首輪のにぎりかたがずっと同じではなく、一瞬《いっしゅん》のすきがあることを知っていた。だから落ち着いて、男と並《なら》んで走っていると、男はふりかえって、女の子に話しかけた。「いい犬だ、これは。飼い主はきっと金持ちなんだろう。どうだ、野犬収容所ではなく、家につれていこうか。つないでおいて、身代金《みのしろきん》を要求するんだ。どうだい？　きっともう新聞広告が出ているだろう。ごらん、なんてきれいな毛だろう！　こいつは毎日毎日うまいものを食っているんだ」ともう一方の手でテレマコの頭の毛にさわりながらにやりと笑った。テレマコは知らんぷりをきめた。「でも、嚙みつかない？」うしろから女の子がきいた。「嚙まないよ、見るからにしつけのいい犬だから……」「パパ、家で飼えない？」「飼うだと？　家で飼うだと！　おまえ、バカか！」このとき男は石につまずいて、手がゆるんだ。ずっとその時を待っていたテレマコは跳《と》びあがって、身を振りほどくと、狂ったように、一目散《いちもくさん》に走りだした。男が叫ぶのが聞こえた。「このやろう、ブタ野郎め、さあ、ひっとらえて殺してやる」でもテレマコのほうが速かった、彼はアーティチョークのやぶにもぐりこみ、巻いた鉄ロープを跳びこえ、泥水でいっぱいの水たまりをひと跳びでこえて、たちまち遠ざかった。女の子がキイキイ金切り声をあげるのが聞こえた。「パパ、パパ、逃げちゃった。つかまえてよ！」でももはやだれが彼を捕《つか》まえられるだろう？　男は河岸を走ったが、水たまりの前で怒り狂って足をとめると、そこに足を踏み入れるか、川のぬかるみにはまる危険《きけん》をおかして、遠まわりするかと思案した。

テレマコはまた自由になり、鼻を地面につけて、横腹が緑色の船をさがしはじめた。もうなにもこわいものはなかった。じゃまものを野うさぎのようにかるがると跳びこえて、これまでいちども走ったことがないほど走った。それでもときどき顔をあげて、追手がいないことをたしかめ、危険にであわないように、あたりを見まわした。

とつぜん、においがまえより強く、きつくなったのに気づいた。鼻がヒクヒクしだした。顔をあげると、木の平底船の上にのって、頑丈なスチールワイヤーで岸辺につながれてテーヴェレ川にういているあれらの家のひとつにたどり着いたのがわかった。

しばらく、藻でつるつるすべる石にほとんど鼻がふれるようにしてにおいをかいだ、藻を一本ずつ、石を一個ずつ、土のかたまりをひとつずつかいだ。魚の脂とタールと腐った藻のにおいはそこで終わっていたが、あたりに船はない。腐りかけた古い板ばりのその家はどこもかしこもしまっている。ただひとつ、小さなドアらしいものが横についているが、二枚の板が釘《くぎ》で斜めにうたれて、しまっている。平底船の甲板《かんぱん》にひとけはなく、なにもない、テーヴェレ河岸のほかの家々がこれ見よがしにバルコニーに並べているジェラニウムの鉢《はち》ひとつない。空き家のようだ。そして岸につづく小さな木のはね橋はつりあげられて、南京錠《なんきんじょう》で留め金《がね》にしっかり固定されている。

テレマコはどうしたらいいのかわからないまま数分間、そこに立ちつくしていた。するとゆっくりした、低い鳴き声がした。《なんだ?》びっくりしてつぶやいた。すぐにまたほかの鳴き声がして、彼はそれが中にとじ込められた何匹《びき》もの犬の声だとわかった。《たぶんブロブも彼らといっしょだ》と思った。聞こえるように、声をはりあげて吠えてみた。だがむこうからは声ひとつしない。《空耳か》と思って、もどろうと振り向いた。太陽が地平線に沈むところで、彼はまだ濡《ぬ》れていた。寒くて腹ぺこで、自分のあたたかい寝床《ねどこ》にもどりたい気がしてきた。《明日《あす》また来て見てみよう》と思った、体をゆさぶって、水滴をはね飛ばしながら。

だが、まさに彼が平底船の上の小屋に背をむけたそのとき、彼の耳をそばだたせる吠え声がした。彼だ、ブロブだ、まちがいない。友だちの声につづいてつぎつぎとほかの犬たちの遠吠えがした、いまやはっきりした、その浮《う》いている家にとじ込められているのは擬いがない。

なんとしても彼らを解放《かいほう》しなくては。でもどうしたらいいのだろう？テレマコはしばらく考えていた。考えながら、片方《かたほう》の耳をかき、それからもう片方をかいた、だがまったくなにも思いつかなかった。家はどこもかしこもしまっている。窓もない。橋は吊《つ》り上げられて、彼には届かない高いところにある鉄の錠につないである。ただひとつの入口は釘で十字に打たれた二枚の板でふさがれている。どうしたらいいだろう？

そうやって考えていると、人間の足音がしたので、また首輪をつかまれないように、すぐにやぶのかげに隠れた。その隠れ場所の葉っぱごしに見ていると、ぶどうのしぼりかすのような色の短パンの若者《わかもの》がその家に近づいてきた。犬たちは人間の足音か、たぶんにおいに気づいたとたん、おびえてだまり込んだ。ブロブも吠えることも、あわれっぽく鳴くこともしなくなった。

男は南京錠をあけて、小さな橋を吊り上げていたロープをほどくと、それを船べりに渡して、そこに飛び乗った。それから釘で打ちつけてあったように見えた二枚の板の一枚をくるりと回してドアをあけた、ちょうど中に入れるくらいのすきまだ。彼は、あわれな犬たちに食べさせるものが入っているらしい袋をもっている。少しすると、テレマコは彼がまた出てきて、バケツで川の水をくみあげ、それを中に運んで、ドアをばたんと閉めるのを見た。

テレマコは男がまた戸口をふさいでいるとわかるまで待った。見ていると、男はドアを固定する十字の板を元にもどし、甲板からひと跳びで岸辺に降りると、橋を上げてロープを二回巻いて留め金に固定した。そして口笛を吹きながら、振り向きもしないで立ち去った。彼の動作は、毎日同じことをしている人間の動作で、ほとんどロボットのようだった。

テレマコは男が遠ざかったことをたしかめた。それから船に近づいた。船との距離はさほどなく、思い切って跳べば到達《とうたつ》できるとにらんだ。助走して、甲板に着地した。犬たちは、彼らの牢獄《ろうごく》の中で、息を殺している。とくに、友が来たとわかったブロブは、彼が助けてくれることを願っている。

テレマコは用心してドアに近づいた。あたりをちらりと見て、さっきの男がその辺にいないのをたしかめた。後足で立って板を回そうとした。だがどんなに力をこめてもうまくいかない。歯も二本の前脚《まえあし》もつかった、そうしながら、中でいまかいまかと待っている犬たちが吐きだすあえぎ声を感じた。ついに、五回目の挑戦で、ちょうつがいをゆるめて板を回すことができ、ドアは軽くあいた。中は暗かった。いく筋かの光が板のすきまから入っているだけだ。息づまる暑さが囚《とら》われの犬たちを狂暴《きょうぼう》にしている。彼らはみな、鉄の檻《おり》に入れられて、舌をぜいぜいさせていた。闇《やみ》のなかで目だけが光る。テレマコは犬たちのかたまりに目をこらして、すぐに、げっそりやせて、耳はかさぶただらけ、両脚のあいだに尻尾をまるめた友だちのブロブがあえいでいるのに気づいた。テレマコは格子ごしに彼の鼻をなめた。でもこの鉄格子をどうやってあけて、犬たちを解放したらいいのだろう？

ブロブが吠えて、ドアの近くの壁《かべ》のほうに向けと合図した。テレマコが振り向くと、大きな鍵《かぎ》が釘にかかっていた。高すぎて届かない。どうしたらいいだろう？　犬たちの息づかいはいっそうせわしくなっている。めそめそ泣いているのもいる。でもだれも吠えない。彼らの未来の運命がかかっているこの微妙《びみょう》なときに、どんな人間の注意を引くようなこともしてはならないことがわかっているのだ。

ようやくテレマコの目が薄暗がりになれて、見ると、犬たちは格子にお尻をもたれさせるようにして、後ろ向きになっていた。《なにをしているんだ？》とつぶやいた。《頭がいかれたのか？》そうではなかった、彼はわかった、より頑丈な犬たちが、鉄格子のあいだから尻尾を出して、それが足場になるようにからませて、テレマコがそれにのぼって、鍵に届くようにしているのだ。それがわかったとき彼は、まさに恐怖《きょうふ》は知性をとぎすます、と思った。彼はそのからみあった尻尾に飛び乗り、前脚を壁につきたて、鼻をのばして、しゅびよく鍵をはずした。そして鍵をくわえて、得意顔で降りた。だが鍵の使い方がわからない。息を殺してその場景《じょうけい》を見ていた犬たちが彼を助けた、ある者は尻尾を、ある者は歯をつかって、それを鍵穴《あな》に入れて回す方法を教えたのだ。あの男がなんどもそうするのを見ていたから、やり方はわかっていた。

ついに鉄格子がギイギイ音を立ててあいて、犬たちが押《お》し合いへし合いして外に飛び出た。群れをなして船の甲板に出ると、ある者は一刻もはやく逃げ去ろうと、水に飛び込んだ。ほかの犬たちはテレマコがそうしたように、大きく飛び跳《は》ねて、河岸に散っていった。

ブロブはテレマコにつづいて岸辺を走り、二匹が無言のまま、じゃまものを跳びこえて橋までたどり着くと、その下ではトゥルチバルドが愛犬の死をなげいて泣いていた。

二匹がそろってやってきたのを見て、野宿者は立ちあがり、片足を引きずりながら、彼らを抱きしめに走った。「おまえたち、どこにいたんだい？　必死にさがしたんだぞ……」というのはウソだ、トゥルチバルドはなまけ者だから。安物のワインをちびりち

びりやって、二匹を助けてくれと祈《いの》っただけだった。

「こいつをどこで見つけてくれたんだい？」トゥルチバルドが見る影《かげ》もなくやせたブロブをなでながらきいた。「これはこいつの首輪じゃないぞ」トゥルチバルドはブロブの首に結んだ細い布ひもを見て、言った。それをほどいて、鼻の下にもっていった。彼はほとんど目が見えない。「なんて書いてあるのかわからん。待て待て、マッチをつけてみよう」マッチを手にしながら文字をひとつずつ読んだ。「二二組。実験用犬。八月一五日以降病院に運ぶこと。危《あぶ》なかったなあ、かわいいブロブや……病院でどんなことをされたやら。縛《しば》られ、皮を剝《は》がされて、あのいかれた科学者連中の実験台にされるんだ！」

「さあ、おまえは家にお帰り、おまえの飼い主たちがやっきになって探していたから」とテレマコに向かって言った。「彼らはここまで来ておまえを見なかったかとわしにたずねた。むろんわしは見なかったと答えたが、彼らがおまえのリードを見つけたので、おまえはブロブを探しにいったと言わざるをえなかった」

だがテレマコは自分の飼い主の家に帰る気はさらさらなかった、彼らはおいしい食べ物をたらふく食べさせてくれるだろうけれど、船の家のあの犬たちのように家にとじ込めておくだろうから。彼は尻尾を振って、まるで、これからは彼とここにいると言うかのように、友だちのブロブにぴたりと肩《かた》を寄せた。ブロブは喜んで跳びあがった。うれしさのあまり友の目をなめた。トゥルチバルドは彼の頭をなでた。「ここにいたいのかい？　それならいるがいい。おまえにいやだなんて言えないよ、わしのブロブを助けてくれたんだから」テレマコは自分が受けいれられたことがわかった。そして自分が役に立つことをわからせようと、友だちのブロブの耳についているダニをとりだした。

水にうかぶ牢獄の家から逃げたたくさんの犬のうち、田舎のほうに走り、やぶにひそんで助かったのはわずかだけだった。おぼれた犬たちもいた。ほかの犬たちは野犬狩りに捕まって、二度と実験台には送られなかったけれど、別の牢獄に入れられた。もっとも運のいい何匹かは彼らを引きとって、とてもかわいがってくれる家族を見つけた。

これで、苦労の多い犬の人生の困難《こんなん》を友情でのりこえた二匹の都会の犬、テレマコとブロブの話はおしまい。

旅するキャベツ

Il cavolo viaggiatore

きれいな青みどりいろのキャベツは空を飛びたくてたまりませんでした。空を見あげ、ちょうちょうが飛びまわっているのを見ては、ため息をつくのでした。「ああ、あの上まで行けたらなあ！」でも彼《かれ》のからだは地面にしっかりくっついたままで、どんなに立ちあがって首をのばそうとしても、地面から離《はな》れることはできません。

あるとき、空を見つめていると、一羽のつばめがすばらしいアクロバットをしているのが見えました。そこで、つばめに言いました。「きみのつばさ、とてもすてきだね！ぼくに飛びかたを教えてくれない？」

つばめは気の毒そうにキャベツを見て、飛び方は教えられないと答えました。「だれにも生まれつきというものがあるの。キャベツのあなたは、地面に生えているのが運命で、あたしはつばめだから飛ぶのよ。さようなら」

キャベツのほほが涙《なみだ》でぐっしょり濡《ぬ》れました。「どうしてぼくたちキャベツは雲のところへ行けないのだろう？」とひとりごちました。そして聖母《せいぼ》キャベツにつばさをくださいとお祈《いの》りをしました。でも、毎朝目がさめるとすぐに、必死に葉のあいだを探《さが》しても、つばさは影《かげ》もかたちもありませんでした。

ほかのキャベツたちに遊びに誘《さそ》われても、彼は返事もしませんでした。いつもひとりで、鳥たちが空を飛びまわるのを眺《なが》めていました。ついに彼は「ぼんやりカヴォリーノ[★14]」とあだ名をつけられました。

ある朝のこと、いつものように空を見あげていたカヴォリーノの目に、天使がやってくるのが見えました。しっかりした真っ白のつばさが二枚、はだしの足のほかは全身が長い衣にすっぽりとつつまれています。「ねえ、天使さん」とカヴォリーノが叫《さけ》びました、「ちょっと、ぼくのところに降りてこない?」天使はあいさつがわりに降りてきて、「ちょいとひと休みするか」と言いました。カヴォリーノは天使に触《ふ》れるところまで近づきました。そばで見ると、天使は小柄でこぶがあり、歯ならびも悪いけれど、大きなつばさは羽根がふさふさで、それはそれはすばらしくて、ひらいて動かすとフル、フル、フル……と音がするのでした。

「なんてすてきなんだろう!」とカヴォリーノが言うと、天使はいままでだれにもすてきだと言われたことがなかったので、おどろいて彼を見つめました。「ほんとうにそう思うかね?」「うん」「でもみんなはこぶつき、歯ならびが悪いって、ばかにするがね!」「ぼくから見ると、とってもすてきだよ。それにそのつばさはすごいね」「ほんとうかい? わたしにはやっかいにしか思われんがね。重いし、みっともないし、テーブルにつくとき、どこに置くかがひと苦労でね……」「そのつばさが手にはいるなら、寿《じゅ》

14　カヴォリーノ……小さなキャベツという意味。

命《みょう》を半分あげたっていい」とカヴォリーノが言いました。「ほんとうかい、交換《こうかん》するかい？　おまえはおまえの若さと肉厚《にくあつ》の葉とおまえの色をわたしにくれる、わたしはこぶと重いつばさをあげよう。ちょっとでも雨に濡れると、まるで鉛みたいに重くなって、飛ぶのに苦労するよ、そりゃあ、大仕事さ……」「それができたらどんなにうれしいだろう！」自分の耳が信じられなくて、キャベツは言いました。「できるさ、わたしは天使だからね」と天使は言いました。「だが、条件がある。わたしはマリーアという、神の子を宿した女性を探しにいくとちゅうなんだ。その子は神の子だから、たいせつに育てなさいと告げなくてはならない。かわりにおまえがやってくれるかね？」「飛べるんなら、どんなことだってするよ」とキャベツは答えました。

「それなら、行ってこい」そう言って天使が一枚の羽根でキャベツにさわると、キャベツはふいに自分が長くなって前にのびるような、ぴくぴくするような感じがし、そのすぐあとに葉のあいだから大きな、すばらしいつばさが二枚、出てきたのです。どうしていいかわからずに振《ふ》り向くと、目のまえに大きなキャベツがいたので、父親かと思いました。「パパ、ここでなにをしてるの？」「わたしはおまえのパパじゃない、天使だよ」と答えて、彼はキャベツがこぶとふぞろいの歯の天使に変身してゆくのを見てげらげら笑いました。「見てよ、足まである」天使に変身したキャベツはそう言って、真っ白の服からのぞいている白い小さな足にうっとりと見とれました。「飛んでごらん」と天使

（いまはキャベツ）が葉のあいだに身をひそめて言いました。「こわいよ」と元キャベツ（いまは天使）は答えながら、なんどもなんどもつばさをひろげようとしましたが、うまくいきません。「重いと言っただろう。もういちどやってごらん、そう、そう」キャベツはなんどもやっているうちについに、二枚の長いつばさが背中からはなれて羽ばたくことができるようになりました。そしてその瞬間《しゅんかん》、からだがすっと上がって、渦巻《うずま》きに吸《す》いこまれるように上空に運ばれるのがわかりました。「飛んでる、飛んでる！」と叫んで下を見ました。でも小さな青みどりいろの点が見えただけで、それも見えなくなりました。《ぼくは天使だ、飛んでるんだ》と、キャベツはうれしくなってひとりごち、また雲のあいだを大きく旋回《せんかい》すると、口や耳に風が入って、くしゃみが出ました。空にうかんでいるのはほんとうにすてきで、いつまでもやめたくなりません。風の波に運ばれるままに、上へ上へとのぼってゆき、それからいきなり急降下して、足をぶらぶらさせて木のこずえに触れてからまた雲のほうへのぼってゆきました。背中に太陽を感じることができるように、黒雲は避《さ》けました。

　ほとんど暗くなりかけてつばさが背中に重くのしかかるようになったときはじめて、天使に頼《たの》まれたことを思い出しました。マリーアという女性のところへ行って、聖なる赤ん坊《ぼう》のことを告げなければならなかったのです。とある煙突《えんとつ》にちょっと腰《こし》をおろして、考えました。《その子はいったいどこにいるのだろう？》と思いました。天使はなにも

言いませんでした。だいいち、自分がどこにいるのかもわかりません。目のまえにははてしもなく山々のいただきがつらなり、下のほうに見えるのは岩だらけの大峡谷《だいきょうこく》、さらに下の草原には灰色のひつじたちが点々と散らばり、そしてさらに先のほうに大蛇《だいじゃ》のようにくねくねと流れる川がありました。

でも、すっかり絶望《ぜつぼう》しかけたまさにそのとき、赤ん坊の泣き声が聞こえたのです。そこで、その煙突が小さな家、というよりもそまつな小屋の煙突で、なかに人が住んでいるはずだと気がついたのです。そっとそっと煙突から降りると、目のまえに馬小屋の戸がありました。なかでは、若い女のひとが子どもにお乳《ちち》を飲ませていました。《着くのが遅《おそ》かったのかな》キャベツはひとりごちました。《どうして赤ん坊がもう生まれちゃったんだろう？　ぼくが知らせるはずだったのに》

戸をノックもせずになかに入りました。女のひとはおどろいて彼を見ました。彼はふぞろいの歯で彼女《かのじょ》にほほえみかけ、こわがらないで、ぼくは天使、神のつかいで、あなたが神の子を産むことを告げにきた、と言いました。「子どもはもう生まれているわ」と女のひとは言いました。「パンでも食べる？　あなた、とてもやせてるわ。どこから来たの？　ずいぶん遠くから？」「うん、遠くから来た。たぶん遅刻《ちこく》したんだろうね。でもやることはやったよ。あなたの名前は？」「コンチェッティーナよ」と女のひとは答えました。「マリーアという名前だと聞いたけれど」「マリーア・アッスンタ・コンチェッティーナよ」と女のひとは笑って、「こぶにさわってもいい？　いいことがあるんですって」と言った。「こぶにさわらせてあげるから、あとで、干してあるトマトを少しとパンをもらえる？」「もちろんよ」と女のひとが言いました、「よかったらキャベツの葉もどうぞ。せむしに効くそうよ」カヴォリーノの目のまえで、女のひとは赤ん坊を抱いたまま畑のほうに行って、大きくて肉厚のキャベツの葉をはがし、キャベツは痛《いた》さに悲鳴をあげだしました。「キャベツはいいよ、キャベツの葉っぱなんていらないよ！」と女のひとに叫びましたが、キャベツと干しトマトをはさんで新鮮《しんせん》なオリーヴオイルをふりかけたパニーノはもうできあがっていました。

カヴォリーノはもう力もなく床《ゆか》にすわりました。足が凍《こご》えるように冷たく、こぶは痛み、両目には涙があふれました。「あなたになにも悪いことをしたわけでもないのに、どうしてかわいそうなキャベツをそんなに痛めつけるの？」と言いました。「キャベツなんて目は見えないし、耳も聞こえないわ」女のひとは大きなパニーノを差し出して言いました。「なにかほかにわたしに言うことがあるんじゃない、祝福された天使さん？」「ないよ、なにも」と言って、カヴォリーノはつばさをおさめようとしましたが、うまくいきません。重くなりすぎて、頭の上に上げることもできません。そこで彼はしびれた両足をのばし、がっかりして、ため息をつきだしました。「あなたの子どもが神の子ならば」と女のひとに言いました、「ぼくのつばさが軽くなるように頼んでくれない？

このままだと、ぼくはもう飛べないよ」「この子は生まれたばかりなのよ、まだことばはわからないわ」と女のひとは答えて、またやさしくお乳を飲ませだしました。「よかったらくしをあげるから、くしゃくしゃのつばさにくしを入れたら？」「くしゃくしゃなんじゃない、重いんだよ」「よかったらオリーヴの実をとるはしごにのぼるのを手伝ってあげる。あそこからなら楽に飛べるわ」「ああ、すっかりくたびれてしまった、ちょっと眠《ねむ》らせて。あとでもういちど、飛んでみるから」「お好きなように。わたしは豆の殻《から》をむいているから」と彼女は言った。そして赤ん坊にお乳を飲ませながら、片手《かたて》でかごをさぐってはえんどう豆の殻をむき、その豆を足元の小鉢《こばち》に入れるのでした。

カヴォリーノは片隅《かたすみ》にうずくまって眠りだしました。《まあ、ごらんなさい》と女のひとは思いました。《腹ぺこなのに、キャベツと干しトマトのパニーノを食べもしない。きっと食欲よりも眠気とつかれのほうが強いのだわ》

カヴォリーノはまる一昼夜眠り、そのあいだに女のひとはえんどう豆の殻をむいたり、赤ん坊にお乳をあげたりしていました。そのときコンチェッティーナはふと、天使の足がすっかり冷たくなってほとんど紫《むらさき》色《いろ》になっているのに気づきました。そこで毛布を出しておおってやりました。カヴォリーノは眠ったまま、心地よさそうに息をつきました。

二日目の朝、カヴォリーノは肩《かた》をたたかれて目がさめました。「なんだろう？」と思って眠い目をあけると、大きなキャベツがのぞきこんでいました。「パパ、ごめんなさい、ぼく眠っちゃった」「わたしはおまえのパパじゃない、天使だ。なんだってこんなところまで来たんだ？　二日も探しまわったぞ」「ずっと飛んでたんだ。楽しかったよ。でも約束ははたしたよ、マリーアという女のひとにいい知らせを届けたから」「おまえはなにもかもまちがった、まぬけめ！」キャベツになった天使がにがにがしく言いました。「あのひとは聖母マリーアじゃないし、あの子はイエスじゃない」「ほんとう？　でもあなたは赤ん坊の名前がイエスだなんて言わなかったよ」「それに赤ん坊はもう生まれているじゃないか。ほんとうにばかだね。キャベツ頭★[15]とはよくぞいったもんだ！　おまえはまさにキャベツだ、それ以外の何者でもない。わたしのつばさとこぶを返してくれ。こんなくさい葉っぱなんか返してやるから」「待って、もう少し飛ばせてよ」キャベツはがっかりして言いました。

でも天使はさっさとつばさとこぶを彼からとり返して、キャベツの葉を返してよこしました。「足を忘れたよ！」天使が長くて白い服をひらひらさせて急いで窓《まど》から出ていこうとするのを見て、カヴォリーノが叫びました。「いいよ、わたしには足なんか無用の長物だ」天使はそう答えて、行ってしまいました。「でもぼくはこの足をどうしたらいいんだろう？　足つきのキャベツだなんて！」天使の大きな足をうんざりとわき目で見て、ぶつぶつと言いました。

でもその足は彼に幸運をもたらしました。なぜならばそのおかげで、天使のように飛ぶのではなく、山々を越えたり、川辺を散歩したり、ゆっくりゆっくり旅ができたからです。みんなは彼を《旅するキャベツ》と呼びました。そして彼がいろいろの経験をして哲学者《てつがくしゃ》のような知恵《ちえ》を身につけたことを認《みと》めました。だれも彼の葉をちぎりとろうとはせず、どこへ行っても彼は尊敬《そんけい》されて、キャベツに変身した天使と天使に変身したキャベツのすばらしい話をしてくれと頼まれました。

15　キャベツ頭……まぬけという意味。

きつねの毛皮

La pelliccia di volpe

金髪《きんぱつ》の美しい奥《おく》さんが毛皮の裏《うら》のついたコートを着て通りへ出た。

信号のところで、足にけがをして、片足《かたあし》を引きひき、つらそうに歩いているきつねの女の子に出会った。

「かわいそうなきつねちゃん」と奥さんは傷《きず》ついた足を見て言った、「なにかしてあげられる？」

「もう何日も歩きっぱなしで、おなかがぺこぺこなの」きつねが尻尾《しっぽ》をふって言った。

「わたしの家へいらっしゃい。傷口を見てあげるわ」

《なんてやさしい人だろう！》どこへ行っても追いはらわれてばかりいたきつねはつぶやいた。

「いらっしゃい、お名前は？」金髪の奥さんがたずねた。

「ママはトゥトゥって呼んでいたわ」

「いらっしゃい、トゥトゥ、傷口を消毒《しょうどく》してあげるから」

きつねが金髪の奥さんのあとについて行くと、道のつきあたりに鉄の柵《さく》があった。金髪の奥さんはきつねをつれて柵を押《お》し、それから家のドアをあけて、きつねをなかへ入れた。

「町を歩きまわってなにをしているの？」金髪の奥さんがたずねた。

「ママを探《さが》しているの、もう一か月も行方《ゆくえ》不明なの」

「パパはどこにいるの？」

「パパは見たことがないの。赤毛のきつねで、ママが妊娠《にんしん》すると姿を消してそれっきり」

「絵はがきもくれないの？」

「一枚も」

「ふしぎね。わたしのパパもわたしが小さいときにいなくなって、絵はがき一枚くれなかったわ」

「なにか、食べるものいただける？」

「キャラメルがいい？　チョコレートがいい？」女のひとはそう言って、家じゅうを探しだした。

「チキンがほしいの」

「チキンはないの、ごめんなさい。まず、ここへいらっしゃい、傷口を消毒してあげるから」

そう言って女のひとはやさしく、とてもていねいにきつねの足をオキシフルで消毒した。包帯《ほうたい》を巻《ま》いて、それが固定されるようにセロテープでおさえてくれた。

「でも、この傷はどうしたの？」

「卵《たまご》をいただける？」

「ないのよ」

「でも冷蔵庫に古い卵ぐらいあるんじゃない？」

「ないのよ。わたしはいつも外食なの。家にはほとんどいないのよ、夫が死んでから、ひとり暮《ぐ》らしだから。砂糖《さとう》漬《づ》けのさくらんぼなら食べる？」

きつねは頭をかいた。この家は変なにおいがする、死んだ動物のにおい。でもどんなに部屋のなかをながめても、動物の姿は影《かげ》もかたちもない。

「つかれたでしょう、それに熱があるかもしれないわ。よかったら娘《むすめ》のベッドで横になるといいわ、娘はいまフランスのおばあちゃんのところにいるから。いらっしゃい」

そう言うと、金髪の奥さんは天井《てんじょう》も床《ゆか》もピンク色で、棚《たな》に人形がたくさん並《なら》んだ部屋にきつねをつれていった。

きつねのトゥトゥはベッドに横になると、すぐに眠《ねむ》りにおちた。すっかりつかれていた。この一週間、昼も夜も歩きに歩いて行方不明のママをさがしたから。

女のひとは眠っているきつねをやさしくほほえみながら見ていた。赤い毛がなければ、娘かと思うほど、そっくり。部屋を出るまえに、この小さなお客に毛皮の裏のついたコートをかぶせて、起こさないようにそっとドアをしめた。

ま夜中に、きつねは「起きなさい、トゥトゥ、わたしよ」という声を聞いた。きつねは起きて、あたりを見まわしたが、かわいらしい女の子の部屋と明るい色の棚にじっと動かずに並んでいる布や陶器《とうき》のお人形しか目につかない。

「わたしはベッドの上よ、見てごらん」と聞きおぼえのある声がして、ついにきつねはママを見つけた。ママは防寒用のコートの裏にぬいつけられていたのだ。

「ママ、死んじゃったのね。毛皮だけ剝《は》がされたのね！」ときつねの娘は言って、わっと泣きだした。

「奥さんにわたしを見つけたといってはだめよ。毛皮をどこで買ったか聞きだして、その店へ行って、わたしの身体のほかの部分はどこにあるかたずねるのよ。足も目もなくては、わたしはおまえのところにもどれないから」

娘ぎつねは母に言われたとおりにした。明け方まで眠っているふりをし、それから起きて、毛皮の裏つきのコートをそっとひじかけ椅子《いす》にかけると、奥さんが用意してくれた牛乳を飲んだ。

「このすてきなコートはどこで買ったの？」と裏つきのコートをほめるふりをしてたずねた。

「気にいった？　とても暖《あたた》かいの。ドゥオーモ広場のヨーレ夫人のお店で買ったの」と奥さんは無邪気《むじゃき》に答えた。

「じゃ、行ってみるわ。ママにも同じものを買ってあげたいの」

「ママに会えるといいわね。なにか困《こま》ったことがあったら、いつでもここにいらっしゃい」

きつねがお礼を言って外に出ると、まえよりももっとお腹がすいていた。でも食べ物をさがして時間をむだにしたくなかった。走ってドゥーモ広場へ行くと、ヨーレ夫人の店が見つかったので、コートの裏にぬいつけたきつねのほかの部分はどこにあるのかとたずねた。

ヨーレ夫人は若いきつねを見て、思った。《毛皮の裏つきのすてきなコートがもう一着できそう》そして、いろいろ変な質問をしだした。たとえば、「かわいいきつねちゃん、どこから来たの？　町でなにをしているの？　どうしてたったひとりで動いているの？」とか。でもきつねはぴんときたので、町にはオオカミの群れと来た、彼《かれ》らは地下鉄の入口で待っていると答えた。ヨーレ夫人はそれ以上質問しなかった。

逆にきつねのほうはしつこくヨーレ夫人を問いつめて、どこで毛皮を仕入れたかを知ろうとした。するとヨーレ夫人は、持ち主がサン・ペードロという名前の、《天国《パラディーゾ》》という革《かわ》なめし工場から仕入れたと答えた。そこで動物たちが皮を剝がされて毛皮になるのだ。

われらがきつねはお礼を言って、革なめし工場《天国》へ行った。中へ入ったとたん、気絶するかと思った。血のにおいがあまりに強くて、息もできなかったのだ。

ご主人に会いたいと言うと、サン・ペードロはきつねが来たと聞いてすぐにやってきて、彼女《かのじょ》をからかいだした。「自分の足で皮を剝がされにきたのかい？　勇気があるね。代わりになにがほしい？　金かい？」

「お金なんかほしくない。ほしいのはママの足と目だけ。あたしたちのお墓に埋《う》めるの」

「足や目は何百もあるんだよ」とサン・ペードロが言った、「どうやってママのを見つけるんだい？」

「においでわかるの」ときつねの女の子が答えた。

「それならやってごらん。うまく見つけられたら、おみやげにベルトをあげるよ」

そう言うとサン・ペードロは若いトゥトゥをきつねたちが殺される場所につれて行った。そこできつねたちがハンマーで頭をなぐられて殺されるのだ。それから機械で皮を剝がされ、目と足をとりのぞいて、毛皮になるのを待つ。襟《えり》巻き用に顔はとっておくこともある。でもその顔のとんがった、すべすべした目はガラスのにせもの。本物の目は、命がなくなると、くもってしまうから。それらは売られて、牛たちの飼料になる。

トゥトゥは銀色の毛のきつねたちが檻《おり》のなかをぐるぐると動きまわっているのを見た。

「あのきつねたちはなにをしているの？」と無邪気にたずねた。

「皮を剝がされるのを待っているのさ」とサン・ペードロが答えた、「だが、ちっとも不平を言わない、気楽にしてるよ。たずねてごらん」

きつねは檻に近づいてたずねた。「とじ込められてつらいでしょう？」

「いいや」と彼らは笑って答えた。

「でも、どうして？」

「ここではとてもうまいものをたらふく食い、たらふく飲み、やわらかな寝床《ねどこ》で寝て、なにもしなくていいからね」ととても美しい銀色の、尻尾が天の川のようなきつねが答えた。

「一日じゅう食い物をさがしまわらなくていいし、ネズミやヘビを追いかけたり、夜中に、まぬけなにわとりをさがしてうろつきまわったりしなくていいからね。ここではトランプをして遊ぶ時間まであるんだ」赤っぽい前髪《まえがみ》のきつねが言った。

「わかってないのね」ときつねの女の子が言った、「皮を剝がされるのがわからないの？」「待てば海路《かいろ》の日和《ひより》ありだよ★16」灰色のあごひげの年取ったきつねが言った。「わしらの番になるまでまだ何か月もある。それまでたらふく食って遊びくらすのさ。それに地震がきて全員が逃《に》げられるかもしれないからね」

「わかったかい？」とサン・ペードロが言った。「ここではみんな満足している、だれも逃げようとしない。おまえさんも檻のなかに入りたいかい？　牛肉をどんぶりいっぱい食えるよ。おまえの毛はきれいだ、ちょっと汚《よご》れているが」

「その気になってしまいそう」ときつねの女の子はそっと言った、それほど腹ぺこで、山盛りのどんぶりを想像しただけで、つばが出た。でも、われにかえった。「ママをさがさないと」と答えて、歩きつづけた。

「ママが見つかったって、もう死んでるんだよ。どうするつもりなんだい？」

「あたしたちのお墓に埋めてあげたいの」ときつねは母親の警告《けいこく》を思い出して、はっきりと言った。

「わかった、ここが足と目の貯蔵室《ちょぞうしつ》だ」とサン・ペードロは鉄の扉《とびら》をあけて、言った。

きつねが中へはいると、そこはきつねの足と目の山。恐《おそ》ろしさに身体がぐらりとゆれた。そのまま死んでしまうかと思ったけれど、母親を見つけたいという思いのほうが強く、それが彼女を支えてくれた。

「この足はどうするの？」と息を殺してたずねた。

「ある業者に売る。するとその業者が砕《くだ》いて粉末にして家畜《かちく》の飼料として酪農家《らくのうか》に売るんだ」

「ひとりになってママの足や目を探したいのだけれど。あなたがいるとにおいがよくかぎわけられないの。人間のにおいは動物のにおいよりも強いから」

16 待てば海路の日和あり……じっくり待てばいいことがあるという意味。

「ほんとうはおまえたちのほうが野性のにおいがするんだけれどね」と男は笑って言った。彼は意地悪なのではなく、自分の仕事をしているだけなのだ。

扉がしまると、きつねのトゥトゥは床にすわりこんで泣きだした。これらの切断された足とえぐりとられた目の山からどうやってママを探しだせるだろうか？

でも、そうやって絶望《ぜつぼう》して鼻水をすすりあげていると、「ここよ、娘や、ここよ」という声がした。顔を上げると、四本の足が床の上で跳《は》ねまわっていた。小さなふたつの青い目がふたつの小さな卵のように膝《ひざ》についている。

きつねはその足と目をとって外にでようとした。でも扉に近づきかけたとき、うしろのほうで、低くつぶやく声がした。《なにかしら？》と思って、振《ふ》り返った。すると、たくさんの足が床をはね、たくさんの目が小鳥のようにその部屋を飛びまわりながら彼女に近づいてきて、彼女の耳や肩《かた》にとまったのだ。「わたしたちも、おれたちも！」と足や目が言う。きつねが扉をあけると、彼らは喜びの声をあげて外に出た。

「この女ぎつねめ！」殺されたきつねたちのすべての足と目がぴょんぴょん跳ねて笑いながら通りを走ってゆくのに気づいて、サン・ペードロがどなった。「それならおまえをつかまえて檻に入れてやる、問答無用だ」

でもきつねは、太って思うように動けない男よりもはやい。一気に通りを走ったかと思うと、さっと方向転換して彼の目をくらまし、そのままこれ以上は走れないというところまで走りつづけた。

もうだいじょうぶ、というところで、彼女はママの足を取りだしてたずねた。「これからどうしたらいいの、ママ？」

「金髪の奥さんのところへもどって、なにか口実を見つけて毛皮の裏つきのコートを手にいれて持ち出すのよ。そして毛皮をほどいて、足と目をもとの場所につけるの。そうすればわたしはまた走れるようになるから」

きつねのトゥトゥはママに言われたとおりにした。金髪の奥さんの家にもどって、コートを貸してと頼《たの》んだ。でも金髪の奥さんは貸してくれようとしない。「こんな長いコートをどうするのよ？」と笑って言った。「それにこれは夫が買ってくれたものだから、だれにも貸したくないの。よかったら娘が六歳《さい》のときの赤いレインコートをあげるわ、きっとよく似合うわよ」

きつねは困って頭をかいた。「バナナある？」と奥さんにたずねると、彼女は頭を振って、ない、と答えた。「公園にあった。行って見てくる」とトゥトゥは言って、急いで家を出ると、瓶《びん》のかけらを踏《ふ》んで足を傷つけ、血を流させた。大げさに足をひきずって家にもどって、言った。「バナナは見つからなくて、またけがをしちゃった」

金髪の奥さんはいそいそと傷口を消毒して薬を塗り、長いガーゼで包帯をまいてくれた。

「さようなら」とトゥトゥはあいさつをした。

「こんな夜中に行くの？　それに足にけがをしてるというのに。わたしが許しません。娘のベッドで寝なさい。お人形たちがいるから夜でもさびしくないわ」

それこそトゥトゥの望むところだったから、なにくわぬ顔で娘のピンク色の部屋に入り、棚に並んだ人形たちをちらりと見て、ベッドに横になった。

「寒いわ、あなたのコートをかけてくださらない？」とていねいに頼んだ。

「そう言って盗むんでしょう？　信用できないわ」と金髪の奥さんが言った。「あなたがたきつねはずるがしこくて手がはやいから。大好きなこのコートがなくては困るのよ」

きつねのトゥトゥはもうどうしていいかわからなくなった。シャツの下ではねているママの足の気配がし、ポケットのなかで心配そうに動いている目を感じた。「どうしよう？」とがっかりしてひとりごちた。

「じゃ、おやすみ」と言って、金髪の奥さんは毛皮のついたコートをもって自分の部屋に引きあげた。

「おやすみなさい」ときつねはぶつぶつと答えて、暗闇《くらやみ》で目を大きく見ひらいていた。

時計がボン、ボン、ボンと三つ鳴ったとき、ひとつの声が聞こえた。「いまよ、娘や。金髪の奥さんの部屋へ行って、毛皮のついたコートをとって、急いでもどっていらっしゃい」

きつねのトゥトゥは言われたとおりにした。そっと部屋から出て、爪先立《つまさき》ちで廊下《ろうか》をわたった。金髪の奥さんの部屋のドアに耳をつけて、眠っているかどうかたしかめた。しずかないびきが聞こえた。そこでそっとそっとノブをまわした。ところが、なんてついてないこと、ドアは内側から鍵《かぎ》がかかっていた。「信用できないと言ってたわ。さあ、どうしよう?」

足音をしのばせて娘の部屋にもどった。ベッドに腰《こし》かけて考えた。でもいい解決策《さく》は見つからない。「ママ、聞こえる? 言われたとおりにしたけれど、金髪の奥さんがドアに鍵をかけていて、コートをとってくることができなかった。どうしたらいいかしら?」

暗闇でだれかが咳払《せきばら》いするのが聞こえた。「ママ、ママなの?」トゥトゥは心配そうにたずねた。

「いいえ、あたしよ」だれかわからない小さな声が答えた。

「あたしって?」

「あたし、フェデリーカよ、フェーデって呼ばれてる」

「あなたもきつねなの?」

「見てごらんなさい、きつねに見える?」

トゥトゥは明かりをつけてみたけれど、部屋のなかにはだれもいない。だれかしら？　すると棚のほうからこんどはクスクスという笑い声がした。目をあげてみると、棚に並んだ人形たちがみんなでクスクス笑っていた。

「なにがおかしいのよ？」

「あなたの顔をみたらおかしくなるわよ」ととても太って、手首に四段も肉のブレスレットができている人形が言った。笑いながら太った足をぶらぶらさせ、その足は金色のリボンのついたかわいい黒いエナメルのくつをはいている。

「笑いごとじゃないのよ」と言って、きつねは絶望してシャツの下のママの足をさがして、元気づけてもらおうとした。でもママの足はすっかり冷たく元気がなくなって、おみやげ屋で売っているお守りにそっくり。

「よかったら助けてあげる」と太った人形が言った。

「どうやって？」

「こうするのよ。あなたは傷が痛《いた》いと金髪の奥さんを呼ぶの。彼女は飛んできて世話してくれるわ。あの人は思いやりがあって、看護師さんのまねごとが大好きなの、疑いぶかいけれどもね。奥さんがあなたを治療《ちりょう》しているあいだにあたしがあっちに行ってコートをとってくるわ」

「でも布の足なのに」ときつねのトゥトゥが異議をとなえた、「どうやって歩くの？

それにコートはあなたの体重の一〇倍もあるのよ。どうやってここまで運ぶの？」

布の人形が笑いだしたのでピンク色のきつねはますます苛立《いらだ》って、思った。《あたしのことをからかってるんだ》

でも人形はゆずらない。「待って、友だちと相談してから、どうしたらいいかあなたに話すわ。きっとうまくいくわよ」

きつねが見ていると、太った人形はほかの人形たちのほうに身をのりだし、みんなでヒソヒソとささやきあったり、クスクスと笑いあったりしはじめた。ついに、たっぷり相談したあとで、太った人形が言った。

「奥さんを呼びに行って、ドアをあけたままにしておきなさい。わたしたちがコートをとってきてあげるから」

きつねは信頼《しんらい》することにした。ほかになにができるだろう？　すごすご寝室《しんしつ》から出ると、廊下をわたり、金髪の奥さんの寝室のまえで足をとめ、あわれっぽく咳き込みだした。

「どうしたの？」奥さんがその咳を聞いてたずねた。

「気分が悪いの。熱があるみたい。傷口からまた血が出てきました。助けてもらえますか？」

金髪の奥さんはドアをあけた。奥さんはネグリジェを着て、ピンク色の羽根スリッパをはいて、まるで純白の天使のようだった。「ハチドリみたいにきれい」ときつねがその姿に心底おどろいて言うと、女のひとはすっかり気をよくした。

「おふろ場へ行って、傷口を洗《あら》って、もういちど包帯をしてください。痛いんです」

「かわいそうに！　ほんとうに運が悪いのね。いらっしゃい、薬を塗ってあげるわ」

そうしてふたりはおふろ場へ行った。トゥトゥが尻尾を床にひきずりながら前を歩き、ししゅう入りの白い長いネグリジェを着て、ときどき床に小さな羽根を散らす羽根スリッパをはいた金髪の奥さんがあとにつづいた。

きつねが足を浴槽のはじっこにのせると、金髪の奥さんがそれを洗って、消毒し、包帯をまいてくれた。「さあ、これでよくなるわよ」とやさしく言って、寝室までついてきてくれた。きつねの頭にキスすると、ドアをしめて出ていった。

きつねは部屋のなかを見まわした。人形たちは棚から姿を消していた。「どこへ行っちゃったんだろう？」とつぶやいた。「ねえ、どこにいるの？」奥さんに聞こえないように低い声で呼んだ。

すぐには返事はなかった。それからとつぜん、おもちゃの汽車が窓《まど》のあたりをくねくねとやってくるのが見えた。客車《きゃくしゃ》には、すべての人形たちがすわり、貨車にはなにか大きくふくらんだものが丸められていて、すぐにそれはなかにママの皮を剝がして縫《ぬ》いつけた、奥さんのコートだとわかった。

「さあ、着いたわ」と太った人形が言って、肉のブレスレットのできた太った腕《うで》を振りまわして笑った。「わたしたちは歩けないけれど、汽車は動けるのよ」

人形たちもみんな笑い、汽車から飛びおりて、またベッドの上の棚に一列にならんだ。「さあ、どうやってママを生き返らせるのか見せておくれ」と汽車がこんなに重いものを運んできてまだ息を切らしながら言った。

きつねのトゥトゥがシャツから四本の足をとりだすと、足はすぐにぴょんぴょんとはねだした。ポケットから卵のような二つの目をとりだすと、それは部屋のなかを飛びまわりだした。「さあ、わたしを縫い合わせるのよ」とママがやさしい声で言った。「でも、どうしよう？　はさみがない」ときつねのトゥトゥは言うと、絶望して爪を噛《か》みだした。

「わたしがはさみをもってるわ」上のほうから声がした。

きつねが見あげると、農婦の服を着た人形がポケットからはさみと針《はり》と糸をとりだそうとしていた。「はい、どうぞ」と言って彼女は、じつはこのときは必要のなかったゆびぬきまで出してくれた。でもきつねのトゥトゥはこの脂《あぶら》で汚れたエプロンをして、料理も裁縫《さいほう》もアイロンがけもできるという人形に失礼にならないようにぜんぶ受けとった。

すぐに毛皮はコートからはずされた。毛皮に足をつけると、だんだん、トゥトゥにそ

っくりの体になりだした。ついにママに出会えたうれしさに、トゥトゥはぴょんぴょん跳《と》びまわった。

母ぎつねの顔がもとにもどり、目がくりぬかれた穴《あな》にもどされて完全に元の姿にもどると、人形たちはいっせいに「まあ、奇跡《きせき》だわ！」と叫《さけ》んで、すばらしい光景に拍手《はくしゅ》をした。汽車もおどろいて、こんな奇跡は見たことがないと言った。「愛が奇跡をおこしたんだ」と言った、彼は旅をするので、ほかの人形たちよりも物知りだったから。

「さあ、走っていくのよ」と太った人形がこれ以上は笑えないと思えるほど笑いながら言った。「おそくならないように。きつねのみなさんによろしくね」

「さようなら、どうもありがとう」母娘のきつねはいっしょに言った。二匹《ひき》は窓から出ると、足取りも軽く闇のなかに姿を消した。

訳者あとがき

「クローン技術でひつじの群れに大混乱、毛皮にされたママを探すきつねの女の子、年増のブス鍋と結婚したイケメン鍋ぶた、イノシシと人間の復讐合戦……大作家のペンから生まれた小さな教訓譚」。

この本(イタリアの原著)につけられたキャッチフレーズだ。教訓譚? 上から目線のお説教? とんでもない。これは、どこかズッコケた、個性ゆたかな人間や動物やおもちゃなどが登場して、失敗つづきの冒険物語で読者をハラハラさせ、楽しませてくれる魅惑のおもちゃ箱なのだ。

それでもやはりこれは現代の教訓譚といえるだろう。なぜならば、作者には本書を通じて、子どもたち、そして大人たちに、知って、考えてもらいたいことがあるからだ。

読者はいろいろ奇想天外なおもちゃと遊んでいるうちに、ふと、ひとつひとつの物語が大きな意味をもっていることに気づくだろう。生命を操作する科学の慢心と不正義、動物虐待、妻が外ではたらくことを許さない夫、終わりのない戦争……。どれも作者がこれまでの作品をとおして繰りかえし語ってきたテーマだ。だが、不正義を押しつけられる動物や弱い者たちは、その押しつけられた運命を、ありったけの知恵と行動で——命をかけて——はねつける。

この本の原題は『「ひつじのドリー」ほか、子どものための物語』である。「子どものため」に作者がこめた意図、それは、子どもたちが、彼らにとっていちばんの友だちである動物や、キャベツや鍋、ティー・カップなどの冒険に心躍らせつつ、彼らの困難な運命について考えること、そしてかつて子どもだった大人たちに、自分たちの傲慢さを反省して、子どもたちに物語の大きな意味を伝えてほしい、ということにあるのだろう。

それにしてもそんな主人公たちの、なんと誇り高く、勇気あることだろう！

その筆頭が、哲学者のおばあさんひつじ。クローン問題を訴えに、オレンジ色のスーツに身をかためて国連に行く。だが、人間も解決策を見つけられないでいることを知って、「人間の助けを借りないで自分たちで問題を解決しよう」と決心する。

血統書つきの美しいローマの犬は、お散歩係のメイドを振りきって、野宿者と暮らす親友に会っている。ある日、親友が実験用の犬として捕まった。彼は命がけで、親友と、ほかの犬たちを解放する。それは、彼自身の解放でもあった、不自由なとらわれの生活を捨てて、川岸での自由な生活を選ぶのだから。

子どもたちと仲良しのイノシシの子が畑のサラダ菜を失敬して、子どもたちの父親に撃たれる。これをきっかけに全面戦争に突入。イノシシ一家は全滅、森は焼きはらわれる。父親は銃に変えられ、イノシシになったわが子を撃とうとするが、自分では撃てず、妻に撃てと命ずる。だが妻は、復讐に反対したのに聞き入れなかった夫を捨てて、イノシシになった子と森で暮らすことにする。

きつねの女の子は毛皮にされた母親を探しあて、毛皮工場から母親やほかの動物の目と足を助けだす。そして、おもちゃの汽車や人形たちの協力を得て、母親を生き返らせる。


作者ダーチャ・マライーニは、「あの目を見ると、とても……」と動物の肉は食べない。

彼女はローマに住み、夏やクリスマスなどには南イタリアのアブルッツォ（ひつじのドリーの出生地だ）の標高千メートルにある山荘で過ごす。夕方、パンや角砂糖をもって山の麓に散歩に行く。牧羊犬や馬たちが寄ってきて、おやつをねだる。馬たちはピョンピョン跳ねてくる、前脚をチェーンでつながれて。悲しい光景だ。

作家はこれらの馬たちのことを思いながら、自分を解放するローマの犬の物語を書いていたのだろう。

＊

ダーチャ・マライーニは一九三六年フィレンツェ生まれの詩人、作家そして劇作家である。二歳のとき、アイヌ文化研究のために留学した民族学者の父フォスコ・マライーニと母親とともに来日し、札幌で、雪に親しみ、自分も日本人だと思って、元気に日本の子たちと遊んだ。そして京都に住んでいたときに第二次世界大戦が勃発。両親が、日本と同盟国のイタリアのファシズム政権に抵抗して、忠誠署名を拒否したために、終戦までの二年間、名古屋市近郊の強制収容所に軟禁された。空襲と大地震の恐怖と、小石をしゃぶってまぎらすしかなかった飢えの体験は、彼女の自伝的小説『帰郷　シチーリアへ』（晶文社）と『ダーチャと日本の強制収容所』（望月紀子著　未來社）に書かれている。この体験は彼女の文学の大きなテーマである「牢獄からの解放」の核になっている。本書にも、自由な生活を選ぶ犬や、夫を捨てて森の生活にはいる母親などにこのテーマが見られるだろう。

一九七〇年代、女性の権利と自由を求めるフェミニズムの運動が燃えあがったとき、彼女は多くの女性たちと連帯して、広場や街頭のデモの先頭に立ち、同時に多くの作品を発表した。わが国でも、先の『帰郷　シチーリアへ』のほかに、『シチーリアの雅歌』、『イゾリーナ』、『別れてきた恋人への手紙』（いずれも晶文社）などが翻訳されている。また女性だけの劇団をつくり、日本でも何度も公演されている『メアリー・ステュアート』などの戯曲で舞台から女性の声を発信して、世界各地の女性たちの共感をえている。

二歳で大西洋横断船の小さな旅人になった彼女もいまや高齢だが、世界じゅうからの招待に喜んで出かけ、とくに若い人たちとの交流につとめている。この『ひつじのドリー』もイタリア各地の小、中、高校の教材に使われ、彼女も招かれて子どもたちと討論するのが楽しいと言う。本書の小さな読者たちが、より多くの本を読み、立ちどまって考え、自分の想像力と自分のことばで世界を自分のものにすることができるように、と作者は願っている。

今回は「子どもから読める本」ということで、わかりやすい表現、常用漢字の許容範囲、ルビつけなどについて、担当の天野みかさんにサポートしていただいた。ありがとうございました。

そして、さかたきよこさんには、ダーチャさんが言うように「繊細でポエティックな」絵を描いていただいて、物語の世界が大きくふくらみました。心からお礼申し上げます。

二〇一六年七月一日

望月紀子

D・マライーニ邦訳作品

『不安の季節』一九七〇年、青木日出夫訳、角川書店
『バカンス』一九七一年、大久保昭男訳、角川書店
『メアリー・ステュアート』一九九〇年、望月紀子訳、劇書房
『シチーリアの雅歌』一九九三年、望月紀子訳、晶文社
『帰郷　シチーリアへ』一九九五年、同右
『イゾリーナ――切り刻まれた少女』一九九七年、同右
『声』一九九六年、大久保昭男訳、中央公論社
『別れてきた恋人への手紙』一九九八年、望月紀子訳、晶文社
『おなかのなかの密航者』一九九九年、草皆伸子訳、立風書房
『思い出はそれだけで愛おしい』二〇〇一年、中山悦子訳、中央公論社

《著者略歴》
ダーチャ・マライーニ（Dacia Maraini）
1936年フィエーゾレ生まれ。作家・詩人・劇作家。民族学者の父フォスコ・マライーニとともに1938年来日。終戦までの約2年間を名古屋の強制収容所で過ごし、1945年帰国。1962年『バカンス』でデビュー。1963年に『不安の季節』でフォルメントール賞、1990年『シチーリアの雅歌』でカンピエッロ賞、1999年*Buio*（未邦訳）でストレーガ賞受賞。現在も精力的に作品を発表している。最新作は*La bambina e il sognatore*, Rizzoli. 2015.

《訳者略歴》
望月紀子（もちづきのりこ）
東京外国語大学フランス科卒業。イタリア文学。
主な著書：『世界の歴史と文化　イタリア』（共著、新潮社）、『こうすれば話せるイタリア語』（朝日出版社）、『ダーチャと日本の強制収容所』（未來社）、『イタリア女性文学史』（五柳書院）。
主な訳書：オリアーナ・ファラーチ『ひとりの男』（講談社）、ダーチャ・マライーニ『メアリー・スチュアート』（劇書房）、『シチーリアの雅歌』『帰郷、シチーリアへ』『イゾリーナ』『別れてきた恋人への手紙』（以上、晶文社）、『澁澤龍彦文学館　ルネサンスの箱』（共訳、筑摩書房）、ナタリーア・ギンツブルグ『わたしたちのすべての昨日』『夜の声』『町へゆく道』（以上、未知谷）ほか。

《画家略歴》
さかたきよこ
多摩美術大学卒業。版画をはじめとした絵や詩、映像の制作をしながら、装画や挿絵の仕事を手がける。
主な仕事：絵本*La bambina di neve. Un miracolo infantile.*（ナサニエル・ホーソーン著、Topipittori）、装画『ラパチーニの娘』（ナサニエル・ホーソーン著、阿野文朗訳、松柏社）、『よこまち余話』（木内昇著、中央公論新社）など。

ひつじのドリー

2016年 8月31日　初版第1刷発行
2016年 10月15日　　　第2刷発行

定　価　本体 1800円＋税

著　者　ダーチャ・マライーニ
訳　者　望月紀子
画　家　さかたきよこ

発行者　西谷能英
発行所　株式会社 未來社
〒112-0002 東京都文京区小石川 3-7-2
振替 00170-3-87385
電話 03-3814-5521
http://www.miraisha.co.jp/
e-mail：info@miraisha.co.jp

印刷・製本　萩原印刷
ISBN978-4-624-61040-1　C0097

ダーチャと日本の強制収容所
望月紀子 著

イタリアの作家、詩人、劇作家であるダーチャ・マライーニ。二歳で来日、終戦までの約二年間、強制収容所での苛酷な飢えや寒さを経験する。作家の原風景となった《もうひとつの物語》。

二二〇〇円

海女の島 舳倉島〔新版〕
フォスコ・マライーニ 著／牧野文子 訳／岡田温司 解説

日本の文化に深い関心を寄せたイタリアの民族学者フォスコ・マライーニは一九五〇年代に記録映画撮影のため日本各地を訪れた。その眼に映る「詩的」な舳倉島の人びとの生活。

一八〇〇円

家郷のガラス絵
長谷川摂子 著

〔出雲の子ども時代〕次世代へと遺され、あるいは受け継がれていく「語ること」の豊かさと不思議さ、そして人生の滋養となる子ども時代の体験をみつめる、ふるさと回帰の旅。

一八〇〇円

とんぼの目玉
長谷川摂子 著

〔言の葉紀行〕あるときは故郷・出雲にはぐくまれた「母語」をみつめ、またあるときは言葉のイカダを組んで大海へとこぎ出す。絵本作家がその枠組みを超えて語る知的好奇心満載のエッセイ。

一七〇〇円

〔消費税別〕